『手紙歳時記』正誤表

本書に以下の誤りがありました。お詫びして訂正いたします。

二三〇ページ最後の二行

　そして信じられないことですが、和子さんを護り支えつづけられた鶴見俊輔、横山貞子ご夫婦からのお手紙やはがきが、数え切れないほど私の手許に残ることになったのでした。

は、二五〇ページ最後「鶴見和子さんにずっと励まされつづけています。」の後に入ります。

白水社

手紙歳時記

Kuroda Momoko

黒田杏子

白水社

手紙歳時記

装幀＝菊地信義

目次

一月　敢然と立つ波の上

磯見漁師斉藤凡太の俳句修行

光陰矢の如し今年もあと数日を残すのみとなりました
先生のご指導をいただきながら何んのご挨拶お礼も申し上げず恐縮赤面致して居ります。今年は不況に加え魚価安と不漁で不本意な年でした
先生ご指導の俳句を杖にもう少し漁業をつづけて行こうと思って居りますので今後とも御指導賜りますようお願い申し上げます
冬本番となり寒さ日増しに強くなりますのでお体大切にお願い申上げます

凡太拝

黒田先生

凡太さんは本名斉藤房太郎。八十六歳の現在も現役の漁師で、毎日海に出ています。凡太は俳号で、新潟県の出雲崎に住む磯見漁師です。

この手紙は平成二十一（二〇〇九）年十二月二十日に届いたものです。出雲崎の菓子舗

大黒屋さんの銘菓「月の兎」と名物の羊羹に添えられていました。良寛研究家でもある大黒屋のご主人小黒孝一さんが精魂こめてつくるこの店の品物は、どれもおいしく、全国にファンが多いのです。

甘党で日本中の羊羹にくわしい小沢昭一さんが太鼓判を押しておられますし、おまんじゅう研究家を名乗っておられた故鶴見和子さんも、焼菓子ですが、この「月の兎」は激賞しておられました。

凡太さんから年末にいただいた大黒屋さんのお菓子は、初句会に皆で愉しむことにしました。

私たちの結社「藍生《あおい》」は、平成二十二年秋に創刊二十周年を迎えていました。その記念号には全会員が二分の一ページのスペースに、自選五句とプロフィール、さらに短文「俳句と私」を寄せることになっていました。主宰の私も瀬戸内寂聴さんも、アイウエオ順に載っています。凡太さんも一四九ページに顔写真とともに上段に登場しています。書き写してみます。

☆斉藤凡太《さいとうぼんた》（新潟県）　大正十四年十一月新潟県生れ。十三歳より漁師を習う。今も現役漁師であります。

努むれば駄句の山にも花の咲く
水に浮くわが生業や梅雨に入る
囀れる明日の運勢知らざるに
名刺には漁師と書いて更衣
思ひ出す妻の旧姓遠花火

無学の私が俳句を詠むとは夢にも思いませんでした。俳句を始めて十余年、俳句とは我が人生の杖であると思っております。
黒田先生には杖の突き方を教わり、感謝しております。

この原稿が載ったのは二十周年記念号でしたが、私たちは十五周年記念号も出しております。このときは一ページに三名という組みで、顔写真と短文（「私と俳句」）、プロフィールでした。このときの凡太さんの項も書き写してみましょう。

☆斉藤凡太（新潟県）

私は河童である。十三歳より漁業に従事して、戦時中も海軍兵である。妻と死別して暇つぶしに始めた俳句を、地元渚句会において黒田先生に教諭され、数年が過ぎた。河童の私には、俳句は大事な浮輪である。河童は水を離れては生きられない。俳句という浮輪につかまりながら、世の荒波を命の限り全力で泳いで行きたいと思っているので、よろしくお願いいします。

「大正十四年、新潟県生れ。十三歳より漁業従事。昭和十八年海軍特別志願兵。特別攻撃隊員。二十一年復員。現在漁業従事中。八十歳」と記されていますが、平成二十三年時点で凡太さんは八十五歳。毎日自分の船を操って漁に出ているのです。

凡太さんは私の敬愛してやまない句友なのですが、出合いは句会の場でした。

「おくのほそ道」の旅で芭蕉が詠んだ

荒海や佐渡によこたふ天河

の句は有名ですが、この俳句が詠まれた土地は新潟県の出雲崎。まさに濤を隔てて佐渡が間近に見えるところです。

五か月余のこの旅で芭蕉が詠み、『おくのほそ道』に記録されている俳句は五十句。なかでもこの句は広く知られた句で、この作品とともに出雲崎の地名も広く知られています。北国《ほっこく》街道沿いに妻入りとよばれる瓦屋根の家屋が並んでおり、高みには良寛記念館、海辺には良寛堂が建っています。芭蕉園もありまして、ここには芭蕉の「銀河の序」も碑になっています。

若いときから、この町は知っておりましたし、『おくのほそ道』全文を筆写したり、「銀河の序」を筆写することは習慣のようになっていました。しかし、この有名な出雲崎に私の知った人、つまり友人も知人もおりませんでしたので、ゆっくりと素通りするだけの町でした。

しかし、ある年から私はこの町に友人を得たのです。師の山口青邨の逝去、それは九十六歳の文字どおりの往生でありましたが、と同時に青邨主宰の「夏草」は終刊となりました。夏草賞などを先生から授与された十名ほどの門下の中から何名かが新しい結社を興すという方針が同人会の決定となり、数少ない「夏草賞」受賞者のひとりとして私は「藍生」という俳句会を主宰することになりました。その「藍生」に一人の未知の青年が参加してきたのですが、彼の住所は出雲崎。町役場に勤務する人のようでした。

さらに平成二年の秋に結社がスタートしてまもなく、私に「新潟日報俳壇」選者の仕事が与えられました。ありがたい機会とは思いましたが、私は「藍生」を主宰する以前から牧羊社の「俳句とエッセイ」誌の選者を引き受けておりましたので、広告会社で働いておりました私は躊躇する気持ちも強かったのです。けれども前任者が野澤節子先生であり、上田五千石先生と二人で選に当たるということをうかがって、お引き受けする決心がつきました。野澤先生も上田先生も大先輩ですが、共に私の尊敬する作家でした。

ともかく新潟日報俳壇の選者となり、東京支社の担当の方が職場をお訪ねくださいまして、投句ハガキの受け渡し、選句稿の提出手順などを教えてくださったのですが、会社員としての仕事と俳人の仕事、二足のわらじを履くということの大変さが身に沁みてきて緊張しました。「俳句とエッセイ」は月刊誌で、俳壇の選句も当然月一度です。

しかし、新潟日報は日刊紙ですから、俳壇は週に一回。月に四回か五回、つまり毎週締め切りがあるのでした。

さきの出雲崎の青年磯部游子さんも投句者のひとりでした。入選作は必ず作者名の頭にその人の居住地である市町村名が冠せられます。

谷川健一先生の地名研究会の創立時からのメンバーでもあった私は、新潟県内の津々浦々から投句されてくるハガキの作者名とともに、そこに記されている地名を読むことが愉しみとなり、地図を広げてはその村や町を探すことが習慣となりました。

ともかく、私は芭蕉ゆかりの『おくのほそ道』五十句の中で燦然と輝く天の川の町、出雲崎に句友磯部青年に誘われて出かけてゆくことになりました。ただ遊びにゆくことだけではなく、この町が開催していた「天の川俳句大会」の特別選者講師としてお招きをいただくという、ありがたい機会を得ることとなったのでした。以来この町を何度も訪れています。

游子さんは出雲崎で生まれ育ち、町役場に勤めている人ですから、この町のみならず、近隣の町や村の歴史や事情に通じています。

游子さんから私はまず、この町の二人の人物に紹介されました。磯野哲さんは俳人。骨董商です。小黒孝一さんは、菓子舗大黒屋主人。俳句もつくります。おふたりともども良寛研究家であり、郷土史家であり、地元の俳句会「渚会」のリーダーという感じでした。「渚会」の前身はこの町の有力者で、会津八一などと共に詩歌に打ちこみ、良寛顕彰にも尽くした佐藤大雪という人が力を入れていた「濤聲会《とうせいかい》」という座であったようですが、ともかく私はこの歴史のある町で結社にかかわりなく、男女さまざまな人々が集まって毎月一度、磯野哲さんをリーダーにして開催されている出雲崎の「渚会」にも参加する機会に恵まれたのでした。

会場は民宿「まるこ」。北国街道に面して通りがかりに入れる食堂の入口がありますが、建物に沿って右手奥に進みますと宿泊と宴会場の入口、玄関があります。この「まるこ」の右手の空間に良寛さんの大きな座像と、より海に近いところに方形の美しい良寛堂が建っています。見るからに美しく気品のあるこのお堂の設計者は安田靫彦画伯とうかがった記憶があります。

句会は海側のしっとりと落ちついた二階の和室で行われました。幹事で世話役の游子さんが兼題をみなさんに確認しています。

鴨居に貼られた半紙に墨で書かれた題は「間引菜《まびきな》」。近ごろ都会の句会では出題されることのない季語。ああ、ここは出雲崎なのだと思いました。兼題のほかに席題があったのかどうかおぼえておりません。

皆が手帳を拡げたり、歳時記をひらいて、何か書きこんだり、ぶつぶつと自作の句を唱えたりして締め切り時間に向かって熱気が高まってきたころ、「遅くなりました。よろしくお願いします」と、活力あふれる男性がひとり部屋に入ってきました。

「やあ、凡太さん、待ってましたよ。今日は特別に黒田杏子先生がご出席くださってますよ。日報の俳壇選者で全国区の俳人先生です」

磯野哲さんのお言葉に「どうぞよろしくお願いします」と私がごあいさつをしました。

その男性は人なつこい表情。しかし、普通の人ではないという存在感と気迫のようなものが全身から立ちのぼっています。

投句が締め切りとなり、清記用紙が二つつないで並べた座卓の上をすべるように廻ってきます。なぜかある清記用紙に対して、みなが同じように笑うようなのです。クスクスという感じの人もあれば、「何だこりゃ。ワハハハハ」とあぐらのままそりかえって笑う人もいます。

「渚会」のメンバーはそれぞれに句歴を重ねている人がほとんどで、いわゆるツボを心得た句が多いようです。しかし、全体に自由自在、選者やリーダーにおもねるといった句、巧そうな句、気どった句はありません。

ある人が大きな声を上げています。どうも私に向かって発言しているという感じです。

「私はこの会にわざわざ泊まりがけで来る理由があるんです。私もある結社に所属していて俳歴もけっこう長いんです。みんな熱心で真面目なんですが、どうしてもこの句会みたいにのびのび愉快に会は進まない。選者の好みや美意識にしばられてしまって。誰もやっぱりいい点とりたいし、選者の選に入りたいし、競争心がむきだしになってしまって、息苦しいといったムードがどうしてもね。しかし、この句会は『人の上に人がいない』。点取り虫の人もいない。いや、女性陣の中には多少そういう傾向の人もおられますけどね。車をとばして、一泊してはるばるやってきて、句会のあとで、俳句を肴に存分に酒を飲む。

ここは私の息抜きの場。俳句人生の中のオアシスなんですよ」

磯部さんがさえぎります。「さあさあ、演説はそのへんで。いよいよ披講に入りますよ。自分の句が読み上げられたら、間髪を入れず名乗りを上げてください。本日は先生がお見えですから、全員フルネームでよろしく。いいですね。米子とかタマ子だけじゃなくね。間違っても人の句に対して名乗りを上げないように。では参ります」

名乗りを聴いていて、ああ、あの句はあの人の作品。意外だけどやっぱりそうだったのか、なるほど……、などと思いながら、いつか私は十余人ほどの「渚会」の座にすっかりなじみ、ここちよくとけこんでしまっていました。

互選の披講が終わり、私の選を発表する刻がきました。全員が私に集中しています。「まず並選。これは何のマークもついてないので、言ってみれば無印良品の俳句。つぎに一重丸の句。なかなかいいなと思った句です。最後に二重丸の句。あまり多くはありませんが、本日の収穫。つまり私の推す特選句です。よろしくお聴きください。なお、特選句については全句講評しますが、その他の句については自由に感想を述べさせてください」

ここの句会は愉しい。各ランクの私の選句が読み上げられるたびに、作者がまず「ありがとうございます」とか「嬉しい」と言って合掌、さらには「やったあ」とか叫んでこぶしを挙げるのです。なかには「いいわねえ」とか「やっぱり」、「口惜しいーっ」とか言う人もいて、それは年輩の女性に多いのですが、ともかく盛り上がります。文字どおり全員平等のいわゆる連衆句会。そのデモクラティックな句座の雰囲気は得がたいものなのです。

「それでは特選を発表します。五句をいただいております」

哲さんの句があったり、游子さんの句があったり、さきほど熱弁を振るった男性の句もあったと記憶しています。四句目は年輩の女性の句でしたが、「よかったあ!!」と自ら手を叩かれたので、こちらも嬉しくなりました。

最後の一句。この句はさきほど披講された互選句の中で誰も採っていなかったようです。

「特選の五句目です。あとで選評させていただきますが、私としましては、この句に三重丸をつけて差し上げたいです」

間引菜や妻も間引かれ石の下

「エーッ」「あったわねえ、でも……」「うーん」「そうかあ」「待てよ……」

ともかく「渚会」の面々はよくしゃべります。しかし、それはすこしも不快なものではないのです。メンバーのひとりひとりが、いかにこの句座に身を入れているかということの表れですからいいのです。テレビやラジオ、新聞俳壇などからは得ることのできない、一期一会のライブ句会。大げさにいえば人生のハイライト。出席者全員でつくりあげるドキュメンタリー・ドラマの舞台に、ひとりひとりが立っているのです。

そのとき、あの句座に遅れて参加してきた頑丈きわまりない男性が、正座したまま、頭を畳にこすりつけ、つまり上半身を平らにして叫びました。

「先生、それは私、斉藤凡太の俳句です。やっぱり先生は目がある。ありがとうございます」としばらく面を上げません。

土下座という日本語がありますが、眼の前でその体制をとる人に出合ったのははじめてのことのように思われ、何だか私も涙ぐんでしまいました。

「その句は誰も抜いてくれなかった。しかし、先生はやっぱり偉い。これは凡太が一生懸命つくった句なんです。

実は私の嬶《かかあ》が急に死んでしまいました。漁師の仕事はどこの家も嬶と二人三脚なんですよ。早朝に漁に出て昼前に家に戻る、網のほつれを繕ったり、干したりしてくれるのが嬶なんです。私ら二人で働いてきました。息子たちは都会に出ていますから。夜はお前はバカだ、チョンだ、役立たずだとか、からかっちゃあ仲良くやってきてたのに、アイツは突然この世から消えてしまいやがった。

葬式済ましてともかく話し相手ってものがいない。この空白をどうやって埋めて生きてゆくか。そうだ、昔、言葉を書いたりするのが好きだった。軍隊に入ったとき、手帳に何か書きつけていて、上官に怒鳴られ、横つらひっぱたかれて、書いたもの取り上げられたりしたんですよ。そうだ、俳諧ってものをやってみよう。俳諧を勉強して書きたいこと、想ったこと、オレの考えてることをまとめてみようじゃないか。嗅は帰ってこないんですから……、ってわけである日、思い立って、磯野先生の門を敲《たた》いたってわけです」

ここで声あり。

「オイオイ凡太さん。私の家には門などありませんよ」

「わかってます。道に面してただのガラス戸ですね。骨董屋ですから。しかし、私がこの年で俳諧を勉強しようと決心したら、磯野先生に助けていただくほかに道はない。入門しなきゃはじまらない。それでありがたいことに、この無学の私を出雲崎『渚会』の皆さんがあたたかく迎えてくださって、仲間に加えてくださったってわけです。皆さんと違って、私はこれまで勉強したことなんてなかったんですから。学校なんて行ってません。だから毎晩、ひとりで歳時記をひろげない日はなくなって、辞書もどんどん引くことにしたんです。これがおもしれえ。

嗅のことは一度句にしてやりたかった。間引菜って題が知らされて、いろいろ詠んだんですが、今日出した句が私のいまの実感です。先生、ありがとうございました」

そのあとまたガヤガヤと賑やかな宴会になって、お互いの句の批評でカンカンガクガク。

「凡太さん、黒田先生の新潟日報俳壇に投句したらどうだい」

「そうよねえ。はじめて先生にお目にかかれて、特選になったんだもの。応援するわよ」

返事はなかったようですが、しばらくして、筆圧の強い投句のハガキが目立つようになりました。新潟日報はいわゆる地方紙。県民の強力な支持のある新聞で、「新潟日報」の題字は会津八一の書です。文芸欄文化欄には力を入れる伝統があるようで、歌壇・俳壇ともに常に二人の選者を立てています。俳壇の場合、中村汀女・石田波郷。加藤楸邨・細見綾子。野澤節子・上田五千石。というように必ず男女ふたりが選者としてそれぞれの時代に新潟県の俳句作者を育ててこられたのです。

凡太さんの投句はその筆蹟ですぐわかります。官製ハガキというスペースは一行十七音字の句と作者のデータ、つまり住所や年齢などを記すのに過不足のないものです。選句を受けもつ側からいえば、投句ハガキがどれだけの枚数になろうとも、官製ハガキという定型であれば、作業は実にスムーズにすすめられるのです。

凡太さんの俳句は年を追って味わいを増し、力《りき》みというものが減ってゆくことと比例して、ユーモア・ペーソスが加わってきました。日報俳壇では、春と秋に俳壇賞受賞者が選ばれますが、凡太さんは十余年間に三度この賞を受けています。

平成二十三年になってからの斉藤凡太作品（入選作・掲載されたもの）を挙げてみたいと思います。

海女小屋の錠前錆びて草枯るる
冬の草古網を積むその脇に
疲れなだめて舟にのる帰り花
揚げ舟にからすのとまる冬景色
妄想と野望も包む除夜の鐘
春よこい明るい話題連れてこい
天に棲む妻を呼び出す彼岸寺
水温む鼻唄のまゝ舟に乗り
二人して植ゑた桜を一人見る

以上は四月までの新聞に載った作品ですが、つぎの作品からは、あの三月十一日のみちのくの大地震、津波、そして福島原発の事故などを、新聞やテレビの映像で体験されてのちの作品となっているようです。

老蜑の空元《から》気出す春の海
春眠を贈りやりたや被災地に
竹秋や孤立無援といふ勿れ
万緑や見習漁師十五歳
雲の峰遺品をさがす声を聴く
良寛の母恋ふ唄や卯波立つ

凡太さんは「藍生」の会員ともなっておられますが、こちらには投句はされていません。その代り、選者指定の日報俳壇には休まず毎週投句されています。一枚のハガキに三句まで書いてよいのですが、凡太さんは一枚のハガキにいつも二句のみ。同時に何枚ものハガキを寄せられる投句者も多いのですが、凡太さんは毎週一枚のみ。毎晩歳時記をひろげ、辞書を引いて句は何句もつくるのであろうと推察するのですが、二句に絞りこんでいるのです。多作多捨ということを実行されているのでしょう。

斉藤凡太、八十六歳、現役の磯見漁師。いまこの人は句歴十三年ほど。新潟日報俳壇担当者の話によりますと、黒田杏子選の入選句、新聞掲載句は平成二十三年七月末現在で二百八十句に達しているそうです。

近海漁業がどんどん失われてゆく日本列島。毎朝早く出雲崎を出て佐渡方面に単独で船をすすめ、ごくごく出雲崎に近いところで漁をする。それで磯見漁師とよばれるのだそうですが、凡太さんの俳句のファンは新潟県内にどんどん増えています。大人ばかりではなく、高校生、中学生の読者も多いとのこと。すばらしいことだと思います。

奥さんに急に死なれてしまい、その心のすき間を埋めようと、俳諧の道に入ることを志したという凡太さん。それも俳句の道ではなく、俳諧の道と語るところが、芭蕉ゆかりの出雲崎の住人ならではのことという感じがします。

何年か前、凡太さんの船が大破しました。このときいったんは漁師引退も考えたのですが、「いやオレは働けるかぎりは波の上で生きる」と大金を投じて船を買い直したという句に書き添えてあったそのいきさつを、私が選評に簡潔に記しました。すこし経って、雪深い山の中、松之山に棲む鈴木俊一さんが投句してこられた句に、

稲妻や凡太の船はいまいづこ

がありました。この句が掲載されると、さらに「凡太さんがんばって」という女子中学生

たちからの投句もあるという具合で、選者も愉しいのです。

思い出す妻の旧姓遠花火
天に棲む妻を呼び出す彼岸寺

この若々しさ。みずみずしさ。また被災地のテレビの映像を見ての作でしょうが、

雲の峰遺品をさがす声を聴く

この句もすばらしいと思います。凡太さんの人間性のゆたかさと深さ。何よりスケールの大きな句で、私の忘れられない作品です。

ところでいまから七、八年も前のことですが、私はテープレコーダーを持参して、磯部游子さんに立ち会っていただき、「磯見漁師　斉藤凡太の四季——一年の漁師暦」ともいうべき話を聴きとりました。延々五時間。

たまたまその日の朝、「蛸供養」をしてこられたとのことでしたので、芭蕉の句にもある蛸壺という言葉を私が口に出したときのことです。

「先生、蛸壺は瀬戸内海の話です。こちら日本海、ともかく出雲崎では蛸箱です。樫の木でしっかり造った長方形の木箱に鉛の重りをつけて海底に沈めます。蛸は隅っこを好む性質があるので、まず一匹がひとつの角に陣どります。つぎつぎに木箱の隅に身を入れてゆきますが、四匹の蛸がついにこの蛸箱にぎっしりと入ってしまうと、お互いに身動きもできなくなるんです。そのときその箱を引きあげますと、漁師は大きな蛸がまるまる四匹とれるというわけです。先生、同じ日本でも海によって漁法はいろいろちがうんですよ。明石の蛸と出雲崎の蛸の漁法は昔からまったくちがうんですよ」

私ははずかしく思いましたが、こういう俳人と句友であること、選者として磯見漁師俳人の作品を毎週見つめつづけてきたこと、こののちも見つめつづけてゆくこと。そのことを持続できる自分であることをありがたく、頼もしくうれしく思いました。

冒頭に掲げた凡太さんの手紙は、年末に受け取ったものです。しかし、この大学ノートのページを引きちぎった用紙に書かれた凡太さんの手紙、その一語一語は明くる年の新年からの私を励まし、支えてくれるものでした。

斉藤凡太句集『磯見漁師』(角川書店)をお読み下さる方は〈出雲崎渚会　０２５８－７８－２９３２(TEL・FAX)〉にお申し込みください。

二月　俳句のある人生　アメリカの女性外交官アビゲール不二の挑戦

初雪や石灯籠は闇の奥
雪が舞う刻の流れをおしとどめ
音もなく雪の重みにしなう竹　　アビゲール不二

アビゲール不二さんの本名は、アビゲール・フリードマン。二人の息子さんと一人の娘さん、合わせて三人のお子さんのお母さんです。職業はアメリカの外交官。国務省勤務で、現在はワシントンに住んでいます。

これらの俳句は英語で書かれていました。私と翻訳者の中野利子さんの二人でまず直訳の日本語に移し、それをさらに日本語の俳句の形にジャンプさせました。アビゲールさんは日本語が読めて書けて、もちろん話せます。この訳をとてもよろこんでくれました。

アビゲールさんは東京の米国大使館に二度勤務し、北朝鮮問題などを担当。北朝鮮の核疑惑をめぐる六か国協議の米国政府代表団員、在ケベック（カナダ）総領事等を経た後、一年間アフガニスタンにも単身赴任。現役外交官としての活動の一方で、俳句作りを楽しみ、『私の俳句修行』（原題『The Haiku Apprentice』）を執筆。米国ストーン・ブリッジ社より刊行。日本語版は中野利子訳で二〇一〇年秋に岩波書店から刊行され、静かなブームを呼んでいます。また米国俳句協会、カナダ俳句協会会員で、ケベックシティ二か国語俳句グループの一員として、俳句への情熱を持続しています。

現在、俳句はＨＡＩＫＵとして世界語となっています。この地球上のあらゆる国と地域で、それぞれの母国語によりＨＡＩＫＵと称する主として三行形式により短詩がつくられています。

アビゲールさんは、日本で出合った私を俳句の師として、アメリカ国務省の外交官として充実した句作人生を送っています。

私は広告会社に、六十歳定年のその日まで席を置いておりました。大学入学と同時に師事することのできた山口青邨師没後、私も「藍生」という俳句結社を創刊主宰することとなりました。六十歳を以て職場を辞し、私は完全にフリーの身となりました。

都内にあるいくつものカルチャーセンターなどから、講座を担当するようにとのおすすめをいただきましたが、私は感謝しつつもすべてお断りをしました。

カルチャーセンターの講師となり、毎週または毎月定期的に教室に出向くことは、せっかく卒業させてもらった会社員の生活に逆もどりする感じがしたのです。

四十代の後半から、私は瀬戸内寂聴さんのお招きを受けて、彼女の庵に隣接して開設された祈りと学びの道場「嵯峨野《サガノ》僧伽《サンガ》」で、寂聴さん命名による「あんず句会」の選者講師をつとめることとなり、毎月一度、東京から京都に通ってきていました。東京で生まれ、父母の生まれた栃木県に戦時疎開、高校卒業までを県内で過ごしました。

東京の大学に学び、卒業と同時に会社員となり、結婚してずっと千葉県の市川市に住んでおります私は、文字通り関東の人間です。

古寺巡礼に打ちこみ、大和の古寺を訪ねて大学時代はずいぶん歩き廻りましたが、それはやはり限られた関西体験。「あんず句会」は全く別の時空です。

毎月京都に行く。嵯峨野の句座に着くという生活を現在も継続しているのですが、俳句をつくり、選句を職業とする身になった者にとって、この京都、いや関西体験はじつにありがたいものでした。

寂庵の句会には、京都をはじめ、奈良・大阪・滋賀・兵庫・愛知・三重・和歌山などの人々、さらに東京や四国・九州・北陸・山陰の人々も参加されます。「あんず句会」に通いつづけたおかげで、日本という国の私の心理的マップはぐんぐん拡大されたのでした。

東京でのカルチャー講師を一切お断りしたところ、静岡県の沼津市に住むあるお医者さまが、沼津市の御用邸が一部、市民に開放されることとなったので、そこを会場として、超結社の自由な句会をはじめたい。「あんず句会」にならって「沼杏句会」とする。その指導にぜひとおっしゃったのです。もともと私は歌人の馬場あき子さんのご推薦により、年一度秋に開催される沼津文芸祭の俳句部門の選者として、沼津にはご縁をいただいておりました。

富士の伏流水が水道水となっている沼津の水は絶品。さらに駿河湾の魚介を主体としたおいしいお寿司がいただける。千本松原にかこまれ霊峰富士を間近に仰ぐ沼津御用邸。そこでの結社を超えた自由な市民の集まりとしての句座。定年後のフリーとなった私にはとても望ましい場と思われ、提唱者である望月良夫医師のお誘いに乗ることにしました。望月先生は長年にわたり、「沼津の文化を語る会」その他を主宰しておられ、「沼声」という機関誌も出しておられた文人ドクター。句会の事務局長は望月先生の盟友で、東京在住、広島生まれの元ビジネスマンの大岩孝平さんでした。

人の出合い、縁というものは不思議です。大岩さんたちがずっと続けてきた経済人たちの勉強会に、アメリカ国務省一等書記官の女性外交官アビゲール・フリードマンさんが招かれていたのです。ゲストスピーカーのアビゲールさんと、その会の幹事の大岩さんがその日の夕べ、その場で出合わなければ、アビゲールさんと私の邂逅はあり得ませんでした。

日本に来られる前、フランスにおられたアビゲールさんは、フランス語でＨＡＩＫＵを書き、俳句そのものにとても造詣の深いフランス人の女性の友人とパリで交流されていました。もともと並はずれた語学能力に恵まれ、俳句に関心をもっていたアビゲールさんにとって、彼女は大切な友人であったようです。芭蕉や蕪村、一茶の句を立ちどころに何のテキストブックも手にしないで、日本人を前にパーティでのスピーチのおりにこの人は暗唱したのでした。「沼杏」俳句会事務局長の大岩さんの誘いによって、アビゲールさんは「沼杏」句会にたったひとりでやってこられました。その日、英語と日本語と二つの言語で書いた俳句作品を、日本人のメンバーのやり方に従って投句。何と選句もされて、句会のあとで、私に質問もされたのです。

スタートしてまもない「沼杏」の句座に、鮮烈な風が流れこみました。

句会に出席していた日本人の男女はみな驚き、感動し、励まされました。

このあのちのアビゲールさんの「俳句修行」の体験と努力は、さきに挙げた彼女の著書にくわしく、たのしく、実にいきいきと書かれていますから、ぜひお読みください。

この句会ののち、すぐに私はアビゲールさんから一通の封書を受けとりました。私は毎日数多い郵便物を受けとります。その中に葉書や封書、カードがない日はありません。稀に外国からのエアメールも届きますが、おおむね国内からのものです。

その日も、帰宅して郵便物を束ねていた紙の紐をほどき、机の上で一通ずつ仕分けしてゆきました。ダイレクトメールや、文書、銀行からの報告書などと私信を区別します。何通かの封書の中に、ちょっと変わった筆跡のものがありました。鳩居堂の白い和紙のたて書き封筒。宛名がちょっと子どものような筆跡。裏面にアビゲール・フリードマンとありました。何か変だと感じた表書き。住所は正しいのですが、まん中に「黒田杏子」とあり、様とか先生という文字がなかったのです。つまり、呼びつけにされた感じでした。しかし、いかにも一生懸命力をこめて和紙に書かれたその私の名前は、様とか先生が省略されたぶん、存在感がありました。

鋏で封を切り、やはりたて書きの和紙の便箋にしっかりと打ち込むように書かれた手書きの文面を、私はゆっくりと眼でなぞってゆきました。その文面は十年あまり経たいまも私のまぶたの裏に棲みついていて消えることはありません。これほど真剣な日本文、日本語の手紙を、それまで私は手にしたことがありませんでした。この手紙は保存してありますが、文面は暗記しています。何よりその手紙そのものが私の眼の内にファイルされています。その画像を呼び出して、ここに記してみましょう。

拝啓。沼津ご用邸での句会、ご指導を有がとうございました。思い切って参加させていただいて、とてもうれしく、句会という体験ができましたことを誇りに思っています。

先生のお話はとても分りやすく、私の質問にもていねいにお答えくださいまして、感謝しております。

さて、本日、私はお願いがありましてお手紙を書いております。

私は沼杏句会に出席して、黒田先生にお目にかかり、とても感謝しています。私は黒田先生を私の俳句の師と決めました。私は俳句の勉強を進めたいと思いました。私の日本での任期は限られています。長くてもあと二年間以内とおもいます。この短い期間に私は俳句の勉強をしたいと思います。沼杏句会にも仕事を調整して、できるだけ参加したいです。けれども、欠席となる場合も多いと思います。

黒田先生、毎月一回、私のために二時間の特別の俳句のご指導をお願いできませんでしょうか。私は黒田杏子を師として、日本に滞在している期間、俳句の勉強をすすめたいと希望しています。

お忙しいことと存じます。
お身体大切になさって下さい。

黒田杏子先生

アビゲール・フリードマン

その晩、私はさっそく返事をしたため、近くのポストまで夜中に投函に行きました。犬を連れて、というより犬に曳かれて散歩している男性とすれちがいます。謡曲のような言葉を声に出しながら、自転車で私を追い越してゆく初老の紳士。手をつないで仲よくやってくる男女。こんな夜更けにずいぶんいろいろな人が住宅街を出歩いているのだと知らされました。

ポストに封書を投函して、私は独り言をつぶやいていました。

「了解。了解。アビゲールさん。ご安心ください。必ずお力になりますよ」

私の手紙の中身は次のようでした。出雲は斐伊川の伊谷さんの手漉和紙の角封筒に、やはり手漉和紙の二つ折のぴったり収まるカードを選びました。

お手紙を拝受いたしました。
ご希望に従って、一か月に二時間の「俳句特別講義」お引き受けします。

ただし、お互いに忙しいので、その日程と時間の調整に苦労するかも知れません。私の名刺を同封します。自宅の方（俳句の事務所ではなく）にお電話下さい。

一度お目にかかって、今後のことをお打合せしたいと思います。

お電話は早朝か夜遅くいただけますとよろしいかと思います。念のために番号は×××（×××）××××です。


と大きく太字で書き添えました。

アビゲールさんから、さっそく電話があり、私たちはホテル・オークラ地下の和食の「山里」で会うこととなりました。

ここなら、アメリカ大使館に近いですし、在職中、私は在日外国人の方々と何度も会食をしたことがあって、気が楽だったのです。


「山里」での会談は愉快でした。私たちはまるで生まれる前から知り合っていた友人のように、わけへだてなく率直に対話しました。何よりアビゲールさんは日本語がぺらぺら。そして、外交官としての心くばりが完璧でした。日程が決まりました。第一回の特別講義は四月の第一日曜日。朝十時から昼の十二時まで。赤坂見附のスターバックスの禁煙席。

「山里」で別れるとき、「先生、先生へのお礼、つまり、黒田先生への報酬はいくら差し上げたらよろしいでしょうか」とアビゲールさん。「お金は一銭もいりません。あなたにとってまたとない機会は、おそらく私の人生にとってもまた、またとない勉強のチャンス。お互いがそれぞれに相手の力によって前進できるなら、ラッキー。私に一切お金は不要です。あなたにとっても、私にとっても、お金では買えない時間を体験できるまたとない二時間にしましょう」

「オーケー！　わかりました」

第一回の特別講義は予想以上にうまく進行しました。私たちは握手をして店の前から私はタクシーに乗り、アビゲールさんは長い脚をのばしてさっそうと歩いて宿舎に戻ってゆきます。この日午後から私は「藍生」の東京句会。毎月のアビゲール・フリードマンさんのレポートは見事。その英文（原書）を読まれた芳賀徹先生の「早く日本語に」のおすすめに励まされ、見事な日本語版に訳してくれた学生時代以来の友人中野利子さんの仕事をぜひ、『私の俳句修行』（岩波書店刊）で実感してくださるよう希望いたします。

さて、さて、この本は『手紙歳時記』。信じられないような二人の句友（アビゲールさんと私）の友情、そのきっかけをつくってくれたのは、おそらく大変な時間をかけて、アビゲールさんが外交官としての、家庭人としての多忙な生活の中で書き上げて私に送ってこられた、たて書き日本文の和紙の便箋と封筒にこめられた一通の手書きの手紙でした。

その手紙とは別にここにまたこのアビゲールさんという女性外交官のお人柄と、人間性を示すまたとない手紙がありますので、その内容をつぎに記してみましょう。

沼津御用邸での私の指導する句会「沼杏」には、沼津在住の人ばかりでなく、東京をはじめ、関東、静岡など各地からの参加者がありました。その中に、私の妹の半田里子もおりまして、彼女は栃木県の宇都宮から通ってきておりました。妹は長年謡曲（宝生流）に親しんでおり、歯科医師の妻ですが、栄養学を専攻しましたので、料理も教えています。二男一女の母親で、明るい性格なので、句会で席を共にしたアビゲールさんと親しくなり、彼女の俳句に対する真剣なとり組みと、そのすばらしいキャラクターに感心して、句会のあと、さっそくアビゲールさんに葉書をお出ししたようです。

妹から手書きの葉書を受けとったアビゲールさん。そう簡単には日本文で返事が書けません。いつかも私たち「藍生」の長崎支部の仲間、森光梅子さんに、アビゲールさんのために長崎での吟行句会なども設営していただいた際、アビゲールさんから、自分は日本語でお礼状を書く時間を確保するのに少なくとも二週間を要するので、そのむね森光さんにお伝えいただけますか、と電話をいただいたことがあります。必ず、必ずお礼のお手紙はお出ししますから、と。

いま私の手許にアビゲールさんが私の妹にあてた一通の封書があります。妹はアメリカ人の女性外交官からの手紙を大切に保管していて、「私の宝物だから、必ず返してくださいね」と私に貸し出してくれたものです。

妹が葉書を出したのは「沼杏」の八月例会ののち。その句会に何とアビゲールさんは書道の先生をお連れになり、浴衣を着て現れたのです。

謡曲を長くやっている妹は、気軽に和服を着ます。着物が大好きなので、アビゲールさんの涼やかな浴衣姿に感心したのでしょう。妹からのその葉書に対し、アビゲールさんの返信の封書の日付は十二月十九日。手紙というものに対するアビゲールさんのまたとない見方、さらにユーモアのセンス。すばらしいエッセイストとしての才能がゆくりなくも記されています。まず妹、半田里子あての手紙をそっくり書き写してみます。

半田様
お母様がお亡くなりになったとのお知らせをいただき寂しく思いました。ご家族の皆様のお悲しみお察し申し上げます。
さて、お葉書を有り難うございました。八月にいただきました葉書を受け取ってから、すぐ返事を書こうと思いましたが日が経ってもまだ書けませんでした。恥ずかしく思います。もうすぐお正月ですから、元旦の前にお返事をすることにしました。

信じられないかも知れませんが、半田さんのお葉書はこの四か月間私の袋の中に住んでいます。私はどこへ行くのもあなたの葉書といっしょでした。その上、半田さんの葉書は面白い経験をしました。その経験を少し説明したいと思います。

最初にいただいた葉書を読んで、その内容の全部は分かりませんから袋に入れて後でもう一度読もうと思いました。そのままで二、三週間が経ちました。

ある日、主人と新宿へ行きました。お昼時間でしたから京王デパートの八階のレストランへ行きました。混んでいましたので、店の外で椅子に座って待ちました。急に半田さんの葉書を思い出しました。

隣りに座っていたおばあさん三人に葉書を見せて読んでもらいました。彼女たちはちょっとびっくりしましたが、後で謡曲についていい話がありました。その話から私には葉書の内容がよく分かって満足しました。特に半田さんが謡《うたわ》れることが面白いと思いました。でも、まだそのときにはお返事を書きませんでした。葉書はもういちど私の袋の中に戻りました。そこは楽で安全な所でしたから葉書が嬉しかったかと存じます。

九月には仕事のために韓国へ行きました。立派なホテルに（袋も葉書も）泊りました。大勢の人のいる場所も散歩しました。その後、ワシントンに行き、国務省などにも行きました。葉書は私の父と母にも会うことができました。ずっと暑かったのですが、葉書はいつも黒い袋の中にいました。

日本に帰ってから、十月末に家族と（葉書も）一緒にパリへ旅行をしました。忘れられない旅行でした。パリは素晴らしいところです。庭園を歩いたり、よいお食事をいただいたりしました。落葉の季節でした。

半田さんにいただいたこの葉書の経験を説明しているうちに、この期間、私も葉書と同じ経験をしてきたことが分ります。私は運がいい人だと自分のことを思いました。でも私にはそのような表面的な経験よりも、半田さんのような親しい日本の方たちに出合うことのほうがより意義があると思います。

さて、いよいよ葉書の旅も終わりになりました。この返事を書きますと、葉書はもう袋に入れて置く必要はないのですが、私はこの葉書を捨てないでしょう。こんどは半田さんの葉書は私の特別な机の引き出しに入れて置きます。

とにかく来年二月一日の沼津での俳句の会を楽しみにしています。

ご主人様によろしくお伝えください。

良いお正月を!!
十二月十九日
アビゲール・フリードマン

たった一枚の葉書への何とすてきな返書でしょう。妹が「アビゲールさんからお手紙をいただきました。すばらしい手紙」と感激していた日の電話の声を思い出しました。この手紙「葉書の旅」は和紙のたて書きの便箋五枚にわたって、読みやすいサインペンでくっきりと認められています。便箋の右上の端には、一　二　三　四　五と書いてあり、手書きの筆跡はきちんとしていて、とても読みやすく、親しみやすく、暖かさを感じさせます。便箋には淡いグリーンのタテ罫が入っており、よく見ますと、封筒には金と銀の斑が散っています。とても上品で美しいものです。

ゆくりなくもこのたび、私あての手紙ではなく、私の妹に届いたアメリカ国務省の女性外交官の日本語で書かれた長文の、便箋五枚にもわたる手紙を原稿用紙に筆写してみることとなったのですが、もしもこの手紙がタイプやワープロやパソコンで打ってあったものであったらと想像してみますと、同じ文面のものであっても、その手紙の価値は半減する、いや私にとっては百分の一以下のものに思われるのではないかとも思われます。

アビゲールさんは二〇〇三年に日本を発たれるとき、それは「沼杏」句会のお別れ会兼壮行会という場になりましたが、私からアビゲール不二という俳号を贈られ、句座の仲間の喝采を受けました。富士山という名峰を望む町、沼津でゆくりなくも私たちは邂逅したのでした。

毎月二時間。アビゲールさんに対する私の特別俳句講義は十八回重ねられました。二時間たてつづけに語り続ける私の話を、この人は翌月にはきちんとテープ起こしをすませ、横打ちのパソコン原稿にして私に手渡されるのです。芭蕉の句なども表記もきちんと調べてあり、ローマ字と日本語。句の下の段にはカッコしてその生年と没年も記してありました。もちろん全体は英文横書きです。

「いずれ、先生からの特別講義で私の学んだ内容は英語圏の人々に向けて一冊の本にします」とおっしゃっていましたが、二〇〇三年にお別れしてのち三年、二〇〇六年に、ストーン・ブリッジ社から刊行された原書『The Haiku Apprentice』が郵送されてきたときのおどろき。表紙を開けると、「黒田先生へ　アビゲール不二」と署名してありました。

そしてこの著作にはその扉に「父、エイブラハム・ソロモン・フリードマンと、母、ダイアナ・エレナ・スコット・フリードマンに捧げる」とあります。

アビゲールさんはハーバード大学で科学史を専攻、優等で卒業し、ジョージタウン大学法科大学院で法学博士号取得という経歴。しかし、さらに経歴をよくみてゆきますと、最初の日本赴任の折の最後の一年間、一九九五年には、モンデール駐日アメリカ大使のスピーチライターをつとめたとありますので、その文才、文章力はもともとこの人に備わっていたものだったのでしょう。

お目にかかった最初のころ、彼女はこんなことを私に告げていました。「私の祖母はとても秀れた人と私は思いましたが、八十四歳で亡くなり、書き遺したものは何ひとつありません。私が将来国務省の仕事から六十歳でフリーになるとして、そののち祖母の没年まで二十四年間あります。私はこの歳月を句作で埋めたいという希望をもちます。私は無理をしません。日本で出合えた俳句を自分の中に大切に育ててゆきます。仕事・家庭・俳句、このバランスを崩さずにゆっくり、じっくりやってゆきます。思い切ってひとりで句会に出て私は、ほんとうの日本を知ることができたと思っています」

ところで、私はアビゲールさんの労作の日本語版（中野利子訳）を何人かの方々にお送りしましたが、そのお礼状の中から一通のはがきをご紹介したいと思います。

拝復　先日はご高足アビゲール・フリードマンさんの『私の俳句修行』をわざわざお恵み下さり心より厚く御礼申上げます。外国人が日本に来て何かを学び、仕事、子育ての合間に完成させてゆくという力強い物語。その過程で獲た新古の素晴しい句作に心を搏たれました。

よい一冊に出逢えたことに感謝しております。今日は取急ぎ一筆お礼までに失礼いたします。

ロバート キャンベル

平成二十三年の春、私は第五句集『日光月光』で蛇笏賞をいただきました。そのとき、仲間がお祝いの会を開いてくれました。

翻訳者の中野利子さんからその計画を知らされたアビゲールさんは、次ようなお祝いのメッセージを送ってきてくださいました。（英文のメッセージでの訳は中野さん）

おめでとうございます。遠く海をへだててアメリカに住んでいる私も、本日のお祝いに参加させてください。

これまで長らく俳句に打ちこんでこられたモモコ先生です。このたびの栄誉は先生にまことにふさわしく、また当然でもあります。

あらためて、日本での先生のレッスンの日々を感慨深く思い出します。

一流の彫刻家の眼には、はじめから素材の大きな石の中に、バレリーナや、想いに耽って座す男、ギリシャの若者の姿が見えていると言います。すぐれた彫刻家が石を彫りつづけ、それを形にしたときに初めて、私たちはその作家のビジョンを眼にするのです。モモコ先生、あなたはごく普通の人々の中にも「俳句の魂」を見出し、実に忍耐強く、注意深く、それぞれの人の中に棲む俳句の魂に命を吹き込むようにみちびいてこられました。私はモモコ先生なしでは俳句の道に辿りつくことは叶いませんでした。句集『日光月光』に到達されるまでの先生のお仕事のすべてに敬意を表し、感謝いたします。

もう一度、本当におめでとうございます！

二〇一一年六月　　　　アビゲール・フリードマン（中野利子訳）

このメッセージが会場で読み上げられたとき、私は涙がとまりませんでした。

現在、アビゲールさんは、「黒田杏子百句」の英訳と鑑賞に挑戦しておられます。年に一度か二度は日本でお目にかかっています。私より二十歳もお若いこの句友の俳句作品の中から私の大好きな句を挙げてこの章を閉じることといたしましょう。

子の靴に足入れてみる夏の果　　　アビゲール不二

三月　韋駄天杏子立ち往生　酒仙学者暉峻桐雨宗匠の教え

涅槃図やあの世をしらぬけもの哭く
時おりは酒そそがばや灌仏会
今日もまた今年限りと花見酒
世之介も面影みせよおぼろ月
花に飽き花見る人を見に行きぬ

『桐雨句集〈暉峻康隆置土産〉』（小学館スクウェア　二〇〇三年四月二日刊）より春の五句をいただき、転載いたしました。

暉峻康隆先生は近世文学者・早稲田大学教授として、多くの学生を世に送り出されたお方。西鶴研究者として知られておられますが、その昔、NHKお達者クラブの俳壇選者として、当時のシルバーエイジの視聴者に圧倒的人気を誇っておられたスーパータレントでもいらしたのです。

　私は早稲田の卒業生ではありません。けれどもご縁をいただき、お教えを深く享けました。つい先日も総武線のグリーン車に市川から乗りますと、隣席の銀髪の紳士に
「俳句の黒田さんでいらっしゃいますね。暉峻先生のお別れ会。大隈講堂でありましたね。戦後の各年代ごと、十年単位で教え子の代表が弔辞をのべ、終わるとその巻紙を先生の大スクリーンの遺影の前に捧げてました。

　あなただけでしたね。原稿を持たず、素手で舞台に立ち、大宗匠のご遺訓をお伝えしますと、じつにたのしいスピーチをされたのは。やっぱりあの日も黒のもんぺ姿でしたね。それも柳家小さん師匠の、黒紋付での真剣を振りかざしながらの大舞台の弔辞のすぐ後にねえ。いやあ、いい度胸の方だと感心したので忘れないのです。

　今日は偶然お目にかかれて幸せでした。もっともテレビではときどき。あっ、それから日経新聞日曜日の俳壇。私は俳句をまったくつくれませんが、黒田さんの選句評は愛読しています。読者としてたのしみに毎週ね。今日は暉峻先生のお引き合せでしょうなあ。どうぞお元気で。私はここで降りますから、失礼します」

　と長い挨拶をされ、その方は新日本橋駅で下車されました。そしてふと気がつきますと、発車のとき、ホームで私にお辞儀をされたのです。

私の俳句の師は山口青邨先生です。東京女子大に入学したその年の五月から、先生の指導される課外活動の句会「俳句研究会白塔会」に参加することができたのです。この句会に入り、青邨先生の直接の指導を受けることを強くのぞみ、すすめたのは、栃木県北部の小さな町に住む、沢木欣一・細見綾子先生の「風」の同人であった母、齊藤節でした。母は学内にあるその句座で、居ながらにして本格俳人に学ぶことのできる一期一会の機会を大切にしてほしいと、強く私に要望していたのでした。

卒業・就職と同時に私は、一時句作と無縁になりましたが、二十代の終わりには俳句を生涯の杖としてゆくことを発心。青邨先生に再入門が許されました。九十六歳の長寿を保たれた先生の生涯は悠々たるものでした。ちなみに先生と私には四十六歳の年齢差がありましたが、その差を創作活動の上で、私は一度も意識したことはありませんでした。

暉峻先生にお目にかかったのは、青邨先生が亡くなられてのちのことになります。小学館古典編集部の佐山辰夫さんのお引き合わせによります。

東大赤門前の法真寺。ここでは台東区龍泉の一葉忌と別に「文京一葉忌」が同じ日に催されておりました。毎年個性的な方々による記念講演があり、その年の講演者が暉峻先生だったのです。私は市川市に住んでおりますが、法真寺のすぐそばのマンションを博報堂で「広告」編集長になったおりに仕事場として購め、友人たちとの句会などにも使っていました。ご住職の故伊川浩永さまとは長いおつきあいがありました。第一句集『木の椅子』で突然世の中に俳人としてひっぱり出された私を、それまでまったく俳句に関心のなかった仕事仲間たちが宗匠とか呼んで句会をしたいというので、このお寺を借りることにしたのです。

「俳句をつくるキャリア・ウーマン」などと新聞に紹介された私の周りに集まったのは、フリーライターや、放送、マーケティングなどの分野で働いていた人たち、多くは私の一世代下の、いわゆる団塊の世代の男女が中心でした。

「東京あんず句会」という名の句座を、伊川ご住職のご厚意で会場費無料で続けさせていただいていたのです。

その年の一葉忌は日曜日だったとおもいます。境内にはお好み焼きや焼きそばなどの屋台のほかに、何と骨董市も開かれていて、朝から賑わっていました。私は開店したばかりのお店で、栗の木で造られた小ぶりの四角い座卓を求めました。口開けのお客さんだからとずいぶん安い値段でした。その何とも言えない渋い木肌のテーブルを見るたびに、暉峻先生にお目にかかった日を私はおもいだすのです。安く手に入れた座卓を仕事場に運び、もう一度法真寺に出かけてゆきますと、佐山さんが庫裏の入口に立って私を待っていてくださいました。

「暉峻先生はすでにお見えです。どうぞ」

二階の小座敷に上ってゆきますと、先生はしきりに手帳に何か書きとめておられます。

「ああ、クロダモモコさん。存じ上げていますよ。杏《あんず》っ子と書くモモコさん」

ハンチングを斜めにかむり、重そうな鎖状のブレスレットとお揃いと思われる彫金の角ばった指輪。ポケットがいくつもついた生《き》なりのベストの下に、枯葉色の格子のシャツ。ネッカチーフは臙脂色。のちに早稲田カラーと知ることになった色なのでした。高名な早稲田の近世文学者。そのちょっとくだけた老年のおしゃれのセンスに私は眼を奪われてしまいました。

さらに、さりげなく佐山さんが湯呑に注いでおられるのは、お茶ではないようです。清酒。畳の上にどんと置かれているその一升瓶は、先生の背中にかくれていて見えなかったのですが、土びんに移されるときに銘柄がわかりました。金沢の福光酒造の黒帯。のちに私も先生のご紹介で蔵元から自宅に直送していただけるようになった銘酒でした。土びんから注がれた茶碗酒をくいっと呑み干されると、おっしゃったのです。

「私はいま、除夜の鐘の句を集中してつくっているところです。すでに八十の老人ともなりますとね、例えばこんな句ですよ

百八はちと多すぎる除夜の鐘　　　　桐雨

年とともにね、煩悩も淡くなってゆきます。ところで、あなたおいくつ。五十を越えられたころ。それはめでたい。煩悩もいよいよ炎となって燃えさかるお年廻り。あなたの句はね、

もうすこし突いておくれよ除夜の鐘

こんなところでしょうなあ」

とおっしゃりつつ、小色紙大の白紙に太字の万年筆の堂々たる筆圧の文字でこの句を書かれ、句の脇に杏子と作者名を記されたのです。生まれてはじめてお目にかかってすぐ、代作をたまわるという事態に呆気にとられつつも、何ともいえない愉快な、たのしい気分が全身に満ちあふれてきて、高名な学者の先生の前に座っているという緊張感はどこへやら。まるで同じ結社の兄弟子とご一緒しているような寛いだ気分になっている自分に驚いていました。

「先生、そろそろ本堂のほうに」

伊川さんの声に、サッと立ち上がられる。その前に茶碗は干されていたのです。瓶の黒帯はすでに三分の一ほどの残量となっていたことをありありと覚えています。

恒例、幸田弘子さんの朗読が終わり、本堂を埋めた正座の聴衆はすでに講演者の足許近くまで迫ってきています。

『樋口一葉の文学』と題した九十分の特別講義。背すじをシャンと伸ばしてお立ちになられたまま。かぶりつきで拝聴した暉峻康隆早大名誉教授の話芸。深い学識に裏づけられた明快にして誰にでもわかる論旨。聴きほれるとはこのこと。いつか一葉、樋口なつさんが先生の傍らに立って語っておられるかのごとき、臨場感あふれるエピソードの数々。西鶴のリアリズムとの比較。さらには、この世に生きる市井の人々へのいとおしみ。わずか二十四歳半でこの世を発った一葉が、貧苦の中で未来を見つめ、未来を信じる向日性の女性であったと。森鷗外以下「文学界」の青年作家たちのあねご的存在として敬愛された女人の魅力と愛嬌と度量を余すところなく語りつくされ、怒濤のごとき拍手につつまれてご退場。

「女子大生亡国論」の先生は人間に対して、いや生きとし生けるこの世のすべてのものに対して平等で慈愛に満ち、かつリベラルな見方を貫かれる先達であることに深い共感を覚え、畏敬の念を深めていました。

もう一度、二階の小座敷に戻りますと、歌舞伎町に向かわれるという先生から「あなたのご住所を」とのことで名刺をお渡ししました。数日してご著書や、先生を囲む女性たちの「くの一連句会」の作品集などがどーんと届けられました。どの本にも桐雨俳句がしたためてあり、杏子様とお書きくださっていることに感激しました。

そののち、桐雨宗匠捌きの歌仙を巻く場に五、六回たて続けにお招きくださったので、まったくの素人であることをかえりみず、参加させていただきました。

素人眼にも桐雨宗匠捌きの座はいきいきと自由奔放。何のこだわりも気兼ねもなく、季語の来歴などもうかがいつつ、ひたすらゆたかな時空に漂いつつ遊ぶのですから嬉しいのです。あまりの愉しさに私はある日お手紙を差し上げ、先生との文音による両吟歌仙というご指導はいただけませんでしょうかとおうかがいをたてました。

すぐお返事がありました。「当面は先約もあり時間がとれない。いずれそのうちに」とのことでしたが、またある日突然にお葉書。

ともかく桐雨宗匠ほどの筆圧の万年筆の文字は、他に類を見ないとおもわれます。

「啓　急がない。とりあえず両吟半歌仙の文音をはじめましょう。初懐紙です。

発句は当季にて

春浅し吸物椀の蕗のとう　　桐雨

脇は外界の早春の情景。天文・地理・生活などで、発句の余情を補った句を」

とありました。翌朝お礼のお電話を。先生いわく。

「あなたの本道は俳句。これを忘れてはいけない。あくまで俳人としてプロの道を極めるべきです。従って、将来にわたって、あなたの俳誌に連句のページなど絶対に設けてはいけない。あなたの俳句は学生時代、いや幼少時代から修行して今日に至っておられる。あなたは歌仙の座に連なることはできても、捌くことはできない。このことを肝に銘じておくこと。


それから、文音でハガキがとどきます。つまり私の指示のあるハガキを受けとったら、即、その場で二、三案つくること。素人が時間をかけてもロクな結果は出ない。下手な考え休むに似たり。いいですね。私のハガキを受けとったら、即刻返信すること。ではどうぞよろしく」

「わかりました」と私は走りだしました。どんなに夜遅く帰宅しても、宗匠からのハガキが着いていれば、少なくとも三案はひねり出し、ハガキに書いて、近くのポストに行く。先生のおハガキは手許に残る。私のハガキはすべてコピーをとっておくこととさめ、コピーがとれないときは、同じ文面を筆写して保存。
あっという間に巻き上がった両吟半歌仙、「春浅し」の巻は次の通りとなりました。

春　春浅し吸物椀の蕗のとう　暉峻桐雨
春　古書街の灯のおぼろおぼろと　黒田杏花
春　巣づくりはまだ終らないつばくらめ　桐
雑　髪むらさきに染めているぬし　杏
（月）秋　名月の句会に何を着てゆかん　桐
秋　一木一草なべて秋色　杏
（初ウ）秋　できのよい今年のどぶろく自慢して　桐
雑　まかりいでたるおかめひょっとこ　杏
（恋）雑　老楽の恋もすがれて旅一座　桐
（恋）雑　お真砂いのちと彫りし二の腕　杏
夏　このしまの縁台将棋とりしきる　桐
雑　孫やひ孫は飛ばすワゴン車　杏
（月）冬　湯煙りに寒月あわし伊豆の海　桐

冬　一会の友とおでん燗酒　杏
雑　セールスの旅にもあきて田畑買う　桐
春　あちらこちらに萌ゆる新草　桐
（花）春　遊俳のさきわう国の花万朶　杏
春　春また来ますあらあらかしこ　桐

たまたまこの文音半歌仙がスタートしてまもなく、私の第三句集『一木一草』に俳人協会賞が降ってきました。先生は大変におよろこびくださって、和服を召されて京王プラザホテルの授賞式や祝賀会にもお出ましくださいました。タクシー乗り場までお送りしたのですが、「これであなたもプロとしての道を踏み出すのです」と励ましてくださり、俳人協会報の「人」欄にも「花咲かおばさん」なる六百字の人物評までお書きくださったのでした。またさきの半歌仙でも私に「花の座」を下さっておられます。

そののち、先生からは各地でのご講演の前に必ず官製ハガキをいただくことになります。「これが最後の場と思われます。ご多忙中、曲げてご出席いただきたく。桐雨」と文面はきまっていました。

当時、現代俳句協会会長でいらした金子兜太先生から「『現代俳句大賞の贈賞式に、テルオカ大老よりクロ杏さんにも必ず案内状を』とのことである。ぜひご出席を。当日大老にエールのスピーチをお願いしたい」とのおはがき。俳人協会会員の私が現代俳句協会の大会でスピーチという異例の場面となりました。

私は次のようなことをお話しさせていただきました。

「大宗匠より常に心に銘じて行動せよと命じられておりますことをお伝え致します。

☆仕事は十年単位でとり組むこと。人間十年打ちこめば、誰にでも見えてくるものがあります。二年や三年でまとめた仕事にロクなものはありません。

☆俳句しかわからないケチな人にならないこと。そんな人のお先はまっ暗です。

☆歳時記はひとつの手がかり。すべて自分自身の五感を働かせ、実体験を大切にすること。歳時記は日本人の人生観、生活感覚の宝典。しかし、活字を知識として頭で理解しても空しい。脚をしっかり使って、身体を動かして、季語という国民的文化遺産をひとつひとつ自分の血肉としてゆく努力を俳人はつみ重ねるべきです。

☆長生きの秘訣即ち日本酒のたしなみ方。①上等の酒を　②常温で　③上品に。

つまり、中年を過ぎたら、本物のいい日本酒を冷やさず、熱くせず常温でゆっくり愉しむ。上品に。これが大切。わかりますね。タダ酒を飲みつづけている人間の顔は間違いなく下品になります。少年時代から八十年。毎日飲みつづけてきた私の意見です。肝に銘じて実行してください」

壇上を下りて、大きな赤いリボンを胸に飾られた先生のお隣の席に案内されました。

「いやご苦労さん。耳が痛《い》てえ連中もおられたんじゃないの。ありがとう」

問題はそののちに起きたのです。先生が私にささやかれました。「現俳協は貧乏なのかね。賞金が少ない」

私はカッとなって、先生をパーティ会場の隅にひっぱってゆき「先生、九十歳になられるのです。お金が多いとか少ないとかおっしゃっていただきたくありません」。涙があふれてきたので、そこまで申し上げ、先生を皆さんの談笑の輪にお戻しして、ひとりで上の階にエレベーターで昇り、不忍池や上野の夜景を見下ろす東天紅の椅子席で五目つゆそばをいただいていました。二日後、兜太先生からのおはがき。官製はがきにいつものサインペンの文字。

「過日はご足労をおかけした。貴女のスピーチ、みな大よろこび。ところでテルオカ大老はあの日の賞金を沖縄の大田昌秀知事にカンパされた由。大老ヤルもんですなあ。感心した次第。お元気で」

私は全身に火が放たれように焦っていました。夜の明けるのを待って、大宗匠にお電話。

「先生、お許しください。生意気にお説教を致しました。先生はあの賞金を『大田平和総合研究所』に贈られたそうですね。私、何もわからず恥ずかしいことを申し上げておりました。先生申し訳ありません」

「いやいや、一部は歌舞伎町のバーの支払いにも使いましたよ。大田君はねえ、昔早稲田に入学したとき、パスポート持参だった。見渡していまの日本の政治家で、下品じゃない、まともないい顔をしてるのは彼だけだ。早稲田を出て、アメリカにも留学した国際人だし。それよりまた、近いうちに真砂女の店で飲もうや。私はけさもすでに机に向かって『万葉集』を読みこんでるところだけれどね。じつに面白い。発見だらけだ。近ごろ話題の散骨ね。あんなこともすでに萬葉びとが詠っているんだから。近世学者は近世だけ。俳人は芭蕉だけ読んでたんじゃ何も見えないね。アハハハハ」

私は自宅で電話器の前にひれ伏していました。ともかく先生は「季語の現場へ」の行動計画のもとに、「日本列島桜花巡礼」「西国観音巡礼」「四国遍路吟行」などを重ねる私の行動方針を強く支持してくださいました。「韋駄天」とか「花咲かおばさん」の命名はすべて桐雨宗匠によるものです。

「行け！　韋駄天」とだけ記された官製はがきや、「どこからか花を咲かせに君は来た桐雨」などと記された小色紙も残っています。先生のお手紙、封書でとりわけ忘れられないものがあります。歌仙の座に連なるときの私の名前をお願いしたときのこと。

和紙の立派な封筒に、「黒田杏花様」と。開封して便箋を広げますと、①から③番までの命名案が列記されていまして、それぞれに漢詩の出典も記されています。この中からお好きなものをお選びいただきたくとあるのですが、杏花の上には○印がついておりまして、封筒には黒田杏花様なのですから愉しくなってしまいます。

最初に桐雨句集から春の句を挙げましたが、このあたりで、夏の句もごらんいただきたく思います。

水無月や何はなくとも冷し酒
人ごみにまぎれて涼し夏の月
夏帯は形見ときめて土用干
夕化粧まだ音のみの遠花火
蟬の声はたとやみたり原爆忌

じつは桐雨宗匠が遺されたおびただしい句帳の中の二千句近い作品の中から、『桐雨句集〈暉峻康隆置土産〉』としてわずか二百句に作品を絞らせていただいたのは私なのです。ご遺族のお嬢さま、暉峻由紀子さんから託された先生の作品のすべてに眼を通し、畏れ多くも大先達の句を選び抜く。句友の寺澤慶信さんの協力があったことを記しておきますが、作業は何度も暗礁にのり上げ、挫折しそうになりました。

そのたびに、先生はほんとうに俳句がお好きだったのだという事実に気付き、句集をおまとめすることを天上で待っておられるのだと思っては、頑張りました。

扇橋師匠を宗匠に、何と四十年あまりも毎月必ず十七日に開かれてきている「東京やなぎ句会」。小沢昭一、永六輔、柳家小三治、大西信行、加藤武、矢野誠一、そして入船亭扇橋さんが現在のメンバー。東京での月例会には出席されませんが、このほかの会員に大阪の桂米朝さんもおられます。

どなたもすてきに年輪を重ねられ、独自の世界を築いておられます。日本広しといえども、この「東京やなぎ句会」以上にすばらしい句会はないと私には思えるのです。

ご縁を得て私は、昔からこの句会にゲストとしてたびたびお招きを受けていることをとても嬉しく、ありがたいことと思っています。

あるとき、この句会に暉峻先生をお招きしたいということで、先生のご都合をうかがい、ご案内役も仰せつかったのでした。はじめてのゲスト参加、このご招待を聞くや桐雨宗匠の歓喜、張り切りぶりはハンパではありませんでした。一月十七日、待ち合わせ場所の新宿駅西口タクシー乗場。何と先生は抱えきれないほどの水仙を胸に、いそいそと車に乗りこまれます。タクシーが走り出すや先生の大きなお声。

「小沢君、大西君、加藤君、みんな早稲田の落語研究会のメンバー。私は部長だった。終戦直後だから、みんな若かったねえ。しかしね。小沢昭一君は偉いよ。仕事ざかり、超多忙の四十歳。早稲田に再入学。もともとは仏文の学生だったけれど、郡司正勝君のところに入ったね。立派に論文をまとめて卒業。そんなこと一体誰ができる。ともかく、東京やなぎ句会の面々はおもしろい。いずれも日本を代表する知性。本物の知性ばかりだ」

車はいつか荒木町の小路に入り、「万世」の別館前の位置に停車。玄関で履物を預かっていただき、階段を上って二階のつき当たりの間の前に。句会場の障子を開けます。

「テルオカ先生、お成り〜い」

小沢さんの声に一同立ち上がって拍手。ごきげんの先生は「すこしばかり水仙をお持ちしました」と、一抱えもあるその花束を大西さんに。たしか小沢さんは仏文、加藤さんは英文、大西さんは国文で先生の直弟子。それにしてもこのお三方、中学・高校と麻布でもご一緒。そして揃って早大の落研とは。

床の間の大甕に水仙が収まり、いよいよ句会。スペシャルゲストの先生の出題は「雪女郎」。私の題は「寒月」。兼題はもちろん「水仙」。みなさんの苦吟がはじまり、しーんと。

夕食のメニューが廻ってきます。お酒があれば、お食事はほとんど召し上がらない先生。

しかしこの句会では、矢野さんを除いて、あとの皆さんはすべて甘党。しかし、ここは肉の「万世」ですから、ステーキ重、すきやき重などの方が多く、常温の酒をゆっくり愉しみたい先生のペースには全く合いません。何とか、このわたとお漬物を注文、先生にはひとりでお飲みいただくことにしましたが、ちぐはぐな雰囲気です。

実のところこの会の皆さんは「ぬか漬なんて誰が喰えるか。死んでもあんなもん口にせんぞ」と、常々口を揃えておられる東京生まれの東京っ子ばかり。そこにアクの強い元教師の鹿児島男児が約一名まぎれこんだのですから、座は乱れるというより白け気味です。

この日、常温のお酒の先生の成績はビリ。さらに、水仙のご用意に気をとられ、この句会のきまりの「天」「地」「人」の作者への賞品も大宗匠は持参されていません。そんなこともあろうかと、私が駿河台下「ささま」の煉羊羹を代りに配って、何とか句会がおひらきになろうとしたそのとき。

早稲田大学名誉教授。元早大落研部長の大音声。障子もふるえるほどの迫力。

「諸君！　次回の会場はどこ。来月から私をこの句会のレギュラーにしてはいかが」

「それはなりません。ゲストは折々にお招きしておりますが、この会は創立以来同じメンバーです。死んだ仲間の補充も一切致しません」と小沢変哲先生がキッパリと。師も負けずに「この会に私ほどぴったりの人間はいない。次回の日程と会場を教えてほしい」

たまりかねたように、矢野さんが発言。

「この会は毎月十七日。次回は私が月番の幹事ですが、会場はおそらく火の見櫓の上ということになりますので、先生のご参加は無理です」

「いやいやどこへでも参りますよ。十七日。それだけわかればいい。皆さん、ありがとう。お世話になりました」

とおっしゃったところに、階下より「お伴がまいりました」。大先生をお見送りして、一同ヤレヤレ。いつものアンティークな喫茶店にぞろぞろと歩いて移動。それぞれがソファーに落ちつきます。

「杏子先生、おつかれさまでした。それにしてもオヤジさん変わらないね」と小沢さん。

「元気だよなあ、いくつだい」と加藤さん。「淋しくなったんじゃないか」と大西さん。

「この会には先生とお呼びしなきゃならない人物は不要です。宗匠は扇橋さんひとり」と永さん。「大学の先生って強情なんだなあ」と小三治さん。「お引き取り願えてよかったんじゃないの」と扇橋さん。しばし甘い大きなケーキにロシアンティーだ、ココアだと注文。おもしろい話の競演ののち解散。通りでタクシーに乗った私をご一同でお見送りくださる。

「元気でね。また来てね」「バンザーイ」などと、ドアや窓を叩いてくださる小三治さん。

「お客さん、何をなさってる方ですか。小沢昭一や永六輔もいましたよね」

「着てるものでわかるでしょ。炉端焼屋のおばさんですよ」

「参ったなあ、まったく……」

こののち、しばらくして暉峻夫人長逝。「大先生をお慰めしようや」と変哲先生ご提案。先生は涙ぐみながら再び句座に。この日はご成績もよく、賞品もご用意。すっかり句会になじまれ、愉しんでご帰宅なさいました。

何年かが打ち過ぎました。先生からの最後のおはがき。それは私の主宰する結社誌「藍生」の雑詠投句の用紙でした。春の雪の多い年でした。

大雪で韋駄天杏子立往生　　暉峻桐雨　九十四歳

四月　サンパウロの桜守　日本人西谷南風と俳句

私は毎日たくさんの郵便物を受けとります。紙紐でぎっしりと束ねられたものの内訳は、雑誌やダイレクトメール、個展の案内、いろいろな催しもの、出版記念会の案内、同窓会、クラス会の案内……それはさまざま。私信もかなりあります。封書、葉書、カード、大型の絵葉書、手製の凝った絵手紙など。自宅にいれば、お昼ごろに配達されて、すぐ手にできますが、出かけることが多いので、夜、帰宅してから、その郵便物の束を解くことが多いのです。

その日も遅く帰りました。立冬もすぎて、月のきれいな晩でしたが、しばらくうち仰いで「冬の月」などとつぶやいてから家に入りました。

手紙の束をほどいたのは、真夜中に近かったのです。一通だけエアメールの封筒がありました。それは最後に開封することにして、つぎつぎと処理してゆきます。

ある会員の娘さんから、「母の一周忌を済ませました。母の引出しに、先生とご一緒に撮った写真が封筒に入れて句帳にはさんでありましたので、このカラー写真を写真立てに入れて母の使っていた机の上に飾り、山茶花を剪って供えました。元気だった母の姿を私もしみじみと眺めておりました」

などという封書がありますと、「返事を書く」というグループにとりわけて、専用の箱に収めておくことになります。真夜中を過ぎて、いよいよエアメールを開封しました。力のこもった風格のある筆蹟で、エアメール専用の便箋にきちんと認められています。

拝啓

遥かなるブラジルより初めてお手紙差し上げる失礼をお許しください。

平成十五年三月臨時増刊「文藝春秋」特別版「桜　日本人の心の花　全篇書下ろし93人の桜ものがたり」

その中の黒田杏子先生の文章を拝読いたしました。

桜をたずねてゆくと人に巡り合う。

たった一人の単独行ではあったが、桜の縁で出合った人々のまごころが、さわやかに私の人生をたっぷりと包んでくれている。

根尾谷の淡墨桜の励まし
常照皇寺の九重桜
桜道楽三代目佐野藤右衛門さん
実相寺の山高神代桜の下で
桜の木の根元に西鶴研究の原稿を埋める（暉峻康隆先生）

などなど、すべて感動をもって拝読いたしました。

いずれも、ブラジルに住む日本人には羨ましく、気の遠くなるような文章ばかりでした。いかに永い間、遠くに離れてはいても、桜は日本人の心の花です。

黒田杏子先生の「桜花巡礼」二十七年、その中でのさまざまな桜と人との出合い。素晴らしい人生を歩まれたこと、心よりお祝い申上げます。

ブラジルにもすこしではありますが、桜があります。

サンパウロ市の中のカルモ公園周辺に住む日本人達が、移住七十年を記念して植えたものです。すでにこの桜園も二十八年になります。

コーヒーの国、ブラジルの気候風土はすこし桜には無理ですが、

望郷を桜で癒し住み古りぬ

などと詠んでもおります。

沖縄桜、雪割桜、ヒマラヤ桜等一千五百本が育っております。日本の桜と比べるすべはありませんが、私達はこの公園の桜たちをこよなく愛して暮らしております。

今、日系社会は、二年後に迫った「移住百年」を合言葉として暮らしております。そんな日々、先生の二十七年にもわたる桜花巡礼のお話を、夢のように想像しております。ブラジルの春は八月。桜も八、九月。これから夏を迎えます。ふるさと日本はいま、晩秋というころでしょうか。

カルモ公園の桜の写真一枚お送りします。どうぞお元気で。有り難うございました。

敬具

二千六年十月二十五日

サンパウロ市　西谷南風拝

読み出して途中から涙が出てくるので、ときどき眼をティッシュペーパーで押さえてきたのですが、最後の「どうぞお元気で。有り難うございました」のところで文字が見えなくなってしまいました。

西谷さんがはるかブラジルサンパウロ市で手にとられ、お読みくださった「文藝春秋」特別号を本棚から探し出すまでやや時間がかかりました。あらためて大判のその一冊を手にして目次を読み、自分の原稿の掲載ページを開いてみて、四百字詰め三十枚ほどのこの原稿を書かせてくださった編集長高橋一清さんのことなどいろいろとよみがえってきました。

高橋さんとご縁をいただいたのは、暉峻康隆早大名誉教授、桐雨宗匠のおかげでした。先生の一周忌の集いが、ご長女の由紀子さんを囲んで神楽坂の「弥生」で開かれた折、私も参上しました。そのとき、高橋さんとお話しする機会があったのです。すでに暉峻先生からも、私が日本各地の桜を巡礼のように訪ねつづけてきたことをお聞きになっておられた高橋さんが、

「これは編集担当者としてのお話となります」と隣席で正座され、書き下ろしの原稿をぜひとおっしゃったのでした。

私はだいたい五枚くらいの短いエッセイを書かせていただくことは多かったのですが、

一気に三十枚。それも大勢の方が読む文藝春秋の雑誌にという仕事は荷が重い気がします。いずれは「桜」の本を一冊まとめたいとは考えていましたが、それは「桜花巡礼」満行ののちに、あらたに続行している「残花巡礼」満行のあかつきでもよい、俳句実作者として、桜の句をもっともっと詠み尽くしてからでもよい、というような考えがあったのでした。

しかし高橋さんは、いよいよその「桜」特集の別冊をすすめられることとなり、何度も何度もご連絡をくださいました。

ついに「もう時間の余裕がありません」との高橋さんのFAXに、意を決して私は書きはじめました。どういうわけか、その原稿の冒頭は母との永訣の場面となっています。

サンパウロで西谷南風さんもお読みくださったその「桜花巡礼二十七年女性俳人ひとり旅　花を巡る　人に逢う」の書き出しの部分を筆写してみます。

母が息を引きとった。満齢九十五である。五人の子供が全員枕頭に打ち揃い、苦しみの表情はいささかも見えない。呼吸は停止しても、死人ではない。広い額にあてた私の手に母のいのちの温みはまだある。その額が徐々に温みを失い、完全なきがらのつめたさとなったとき、私はこの母の静かに閉じ合わされた両の眼の瞼の裏に、山桜の花びらが無数に舞っていると思った。それは不思議な実感であった。生きてこの世にある私の眼の裏に乱舞する山桜の花びら。いま死の国へと歩む母も、同じ映像を見ているなどと口に出して言っても、分ってもらえないだろうが、私はそのとき、はっきりとそういう感じにとらわれていた。母とはよく花を訪ねる旅をした。

いまこそ思うのです。遠いはるかなブラジルでこの私の「桜花巡礼」を眼にしてくださる人に巡り合うことができたのは、暉峻先生とのご縁、先生に連なる教え子で編集者の高橋一清さんのお励まし。さらには、この文章三十枚の中に登場される実にさまざまの桜にかかわる方々との邂逅があってのことなのだということを。

西谷南風さんにはしばらくして、次のようなお返事をやはりエアメールでお届けしました。時間が経ってしまったのは、日本の桜の写真のベストテンを集めることに手間どったこと、お届けしたい桜にまつわるいろいろな資料のコピーなどを揃えることが意外にむつかしかったという事情もありました。

西谷南風様

お手紙拝受いたしました。くり返し拝見させていただいております。まこと、桜のおかげで、これまで私はもったいないほどの出合いに恵まれてきました。

お金では買えない幸せをたっぷりと与えられてきました。

このたびのお便りも、ほんとうに嬉しい、ありがたい出合いで、涙ぐみながら拝読させていただいたのでした。私の人生の宝物として、大切に文箱に保存させていただき、折々にとり出して読み返させていただきたいと思っております。

「いかに永い間遠くに離れていても、桜は日本人の心の花です」とお書きになられたこと。私の桜花巡礼二十七年に対し、「お祝い申上げます」とおっしゃってくださいましたことに感動と感謝を申し上げます。と同時に、サンパウロ市内のカルモ公園に、そちらの風土に合うさまざまの種類の桜の木を植え、守り育て、皆さまで賞でておられますことを知り、涙が出るほどの励ましを受けました。今回のお手紙を拝し、桜によって、はるかな大地に暮らされる皆々さまと、深く心が結ばれることをあらためて知らされました。

また、西谷さまが俳句をつくっておられるお方であることも知り、句縁によっても、私たちが深い絆に守られていることの充足感とよろこびを感じております。

私の桜の句も、いずれまとめてご覧いただきましょう。暖冬のことし、桜はどのように私たちを迎えてくれるのでしょうか。

私たちの結社「藍生」の事務所は、神保町となっていますが、靖国神社から坂を下ってきたところ、九段下にあります。北の丸公園・千鳥ヶ淵・靖国神社、東京随一のお花見エリアです。

現在、「桜花巡礼」にひきつづき、「残花巡礼」という「行」を、焦らず急がず、ゆっくりと、じっくりと続けております私に、このたびのお手紙と写真はほんとうに嬉しく、かけがえのない贈り物でした。

どうぞ、「移民百年」という大きな節目の年に向かって、皆さまとともに、おすこやかにお過ごしください。そしてご健吟ください。

心よりご健勝をお祈りしつつペンを擱かせていただきます。

こののち、西谷さんは『桜守』という句集をお送りくださいましたが、その句集は一ページに作品一句、その句を見開きページの対向面に現地の書家の方が墨書されたものでした。

さて、また別の角度から、桜を巡る人との出合い、ふしぎな縁とお便りなどについて記してゆきたいと思います。

高知県吾川村（当時）の瓢簞桜は、もともと私の「桜花巡礼」リストに入っていました。しかし会社員である身には、やはり四国、それも高知の奥地の桜というのは、なかなか訪ねくいものなのでした。この桜は樹齢五百年の名木として知られていたのです。

ある年、「四万十川俳句大会」の選者として高知行の機会に恵まれました。大会は四月五日。南国の桜はお彼岸のころから咲きはじめますから、花に逢うことは無理とあきらめていました。大会の前日、空港に出迎えてくださった俳句大会の係の男性が「お昼をここで」とおっしゃるので、土佐料理のお店に入りました。隣席の男性が拡げた新聞に満開の桜の木の写真がカラーで載っています。だめでもともとおもいつつ、「瓢簞桜ってご存知ですか」とたずねてみました。相手の表情がパッと明るくなりました。

「昨日の夕方のテレビで、その花の木を映してました。たしか瓢簞桜といってました。吾川というかなり山奥の村の老木だとか」

「じゃあ、間に合うんですね。俳句大会の翌日の吟行会でそこの村に行くことはできないでしょうか」

「吟行会は、俳句大会参加者の中の有志による催しとなっていますが、黒田先生と足摺岬まで出かけて行って、句をつくりたいという希望が多く出されていましたので、足摺岬まで早朝発で行くことになっています」

「なんとか、その昨夜のテレビに映っていたという吾川村の桜を、皆さんと吟行するということに変更していただけませんか」

ずいぶんわがままなことだと思いつつも、この機会を逃すと、瓢簞桜に逢うのはまた先のことになってしまう気がして、私は希望をくり返し、ついにその願いがきき入れられたのでした。花の萼の形が瓢簞に似ているというので名づけられたというその老大樹は、茶畑のひろがる山の斜面に堂々たる五百年の風姿をひろげていました。一幹のこの花の木が村おこしの主役。集落の名前も吾川村字桜。テレホンカード、桜まんじゅう、絵はがきなどが売られています。テレホンカードをまとめて買った私に、リーダーらしいひとりの青年が「東京からわざわざ来てくれたんだって。このすこしまた奥になるけど、それはすごい桜の木があるよ。あちらは枝垂桜の中の女王ってところかな。車なら行けるから、ぜひ行ってみたら」

この一言、この青年のアドヴァイスが私の人生にどれだけの幸福をもたらしてくれたことでしょう。有志吟行のメンバーは、もう一幹の花の木をめざしたいという私の希望に賛同してくれました。雨も上がったことだし、土佐の日は永い。すこし奥といわれたその名木に向かって何台かの車が進んでゆきます。

やっと到着したその地は、高岡郡仁淀村別枝（当時）。村の高みにもの古りた中越家のたたずまいが、靄の晴れてゆく中にあらわれました。坂道をのぼって、屋敷にたどりつきます。生垣に囲まれた庭内の一隅に、ゆったりと無数の枝を垂らす、何とも気品のある枝垂桜がはなやかに静謐に佇んでいました。その花の枝の抱える宇宙にはさまざまな小鳥がいるのでしょうか。啼き交わすその鳥たちの声が、まるで天上の楽の音のように響き合っています。

ゆったりと地を掃くほどに垂れた無数の花の枝には、どこにも傷みというものが見えません。日本中、北から南、西から東の花の木を訪ねて行脚してきたのですが、これほどに清麗で高貴な花の木に出合ったことはなかったと思われました。茅《かや》ぶきの母屋の濡縁に腰をかけさせていただき、まもなく夕桜の刻を迎えようとしている九分咲の、雨あがりの花の生命力にうっとりと見とれていました。

花満ちてゆく鈴の音の湧くやうに

という句を後年発表しましたが、この句の現場は実はこの日のこの枝垂桜のたたずまいをまのあたりにしたときのものです。

ふっと内側から障子が引き開けられます。和服に身を包んだ品のいいご老人が敷居まで静かに膝をすすめられ、ほれぼれと花の木を眺められます。しばらくすると、また障子を静かに立てられて、奥の間に移られたご様子。

私もまたあらためて花の木の全容を眺めて、あきることがありません。いつか夕星《ゆうずつ》が光りだしましたが、高知の春は暮れるのが遅いのでしょう。空はすみれ色でまだまだ明るいのです。もう一度障子が内側から開かれます。

「どちらから来なさった。高知か。いや東京。それはそれは。今日はこの花の木の最高の刻よなあ。よい日に来なさった」

障子はふたたび閉ざされて、次に開かれることはありませんでした。しかし、その翁のすこしかすれて甲高い声が私の耳に棲みついてしまって、この屋敷と庭内の枝垂れ桜に私はすっかりなじんでしまいました。

「ありがとうございました」

障子の奥に向かって、私は大きな声でごあいさつを申し上げ、花の主に向かって合掌したい心地を抱いてお辞儀をしておりました。

この日、四万十川俳句大会の講師をお引き受けしたご縁により、私はゆくりなくも、中越家という秋葉神社神官をも務めてこられた土佐山中の旧家に守られてきた樹齢およそ百八十年ほど（当時）という完璧な一幹の枝垂れ桜にたどりつき、じっくりとたっぷりとその気を享け、その風姿にまみえることができたのでした。

この家の庭に根を張って以来、ただの一度も枝を切られたことのない、そして病気というものをまったく知らない花の木。その桜木のたとえようもないすこやかさ。優雅で気品に満ちた風姿。土佐山中の気と、日光と月光と星々の光と。そして花の主としての中越家代々のご当主とご家族の惜しみないいつくしみと敬意に包まれ、村人を見守り、勇気づけてきたこの一幹の花の木との天命とも思われる一期一会の出合いをもって、私は三十歳から重ねてきた単独行「日本列島桜花巡礼」を満行打ち止めとすることとしました。五十八歳の春、四月。七十三歳の現在からふりかえりますと、ずいぶん昔のことになるのですが、その時点ではかなり長く生きてきた、花を巡って、年を重ねて還暦に達しようとしているという思いが頭の中をよぎっていたような気もいたします。

中越家の桜との出合いに感動して、東京に戻りますと、NHKから電話がありました。俳句の番組などでお親しくさせていただいています加賀美幸子さんの土曜日朝の番組で、「旅」の特集をするので、吟行などで各地に出かけている黒田さんにぜひご出演を、とのことでした。事前に番組の打ち合わせに来社された担当者の青年に、私はこれまで家族以外、誰にも話してこなかった単独行「桜花巡礼」のこと、中越家の世にも美しい枝垂れ桜のことなどをはじめて語り、ぜひその桜のことを番組でと言われ、一気に番組で「桜花をめぐる旅」について語ってしまったのです。放送は四月の十日ごろでしたが、「みちのくの桜はこれから満開を迎えます。ぜひぜひ、ことしこそ満開の花の木の下に佇んでみてください」などとまで呼びかけてしまったのです。たくさんの視聴者の方々（ほとんどが女性でした）の皆々さまから、「三春の滝桜に行ってきました」「北上展勝地の桜に出合いました」「角館武家屋敷の枝垂桜に感動しました」「弘前城の桜を満喫しました」といったお手紙や絵はがきをたくさんいただいた春となりました。

それからまた時が流れ、私はいよいよ大学卒業以来ずっと身を置かせてもらってきた広告会社を定年退職することとなりました。六十歳を目前にして、NHKのラジオ深夜便に出演の依頼がありました。テーマは、会社に身を置きながら重ねてきた観音巡礼のこと、桜花巡礼のこと、「おくのほそ道」二千四百キロの旅のことなど、ロングランの計画ですすめてきた旅の話を具体的に話してほしいとのことでした。当然、私はその桜の木との出合いをもって満行とすることのできた「桜花巡礼」のうち、夢のような中越家の枝垂桜の美しさ、その花の主である秋葉神社神官中越律《ただし》翁のことを話すことに力が入りました。

「とてもおもしろい、しかし、誰にでも真似はできない貴重なお話でした」と収録担当の方にほめていただきましたが、放送は後日の明け方ということもあり、テープは必ずいただけるということで、その放送時間に私はぐっすり睡ってしまって、ラジオでの放送を聴くことはできませんでした。しかし、桜は不思議な木なのです。

一通のハガキが、放送された日の二日後に舞いこみました。差出人は高知市に住む吉岡郷継《さとつぐ》さんです。もと東京のNHKにつとめていたこの人は、郷里に戻り、テレビ高知に勤められたのです。私たち「藍生」会員の高知放送のアナウンサー渡辺護（俳号三度栗さん）の親友なので、私もお親しくしていただいておりました。吉岡さんの生家は中越家のある仁淀村にあり、私は「桜花巡礼」満行ののちも、冬木の桜、葉桜の折と吉岡さんの車に乗せていただいて、中越家の桜を訪ねていたのです。ハガキには、

「たまたま明け方近くになって、咳が出てなかなか止まらなかったのです。仕方がないので起きてみたのですが、所在ないので、ラジオのスイッチを入れました。聞きおぼえのある声と思ったとたん、黒田さんが中越家の枝垂桜の美しさ、ゆたかさを語りはじめられたのです。びっくりして、坐り直して聞き入りました。あまりの不思議さに、こうして一筆認めた次第です」とありました。

吉岡さんのお父上にも、私はご実家でお目にかかったことがあるのです。この方も桜を愛され、「太平洋と日本海を桜でつなごう」という運動を起こして実践された国鉄バスの車掌佐藤良二さんから手に入れられた、岐阜県荘川桜の苗木を仁淀村の自邸の書斎の前に植えられて、かなりの大樹に育て上げておられました。

吉岡さんは在京時代、司馬遼太郎氏に会ったおり、「郷里は」と聞かれ、高知県仁淀村と答えますと、司馬さんが「あのような山の奥から子どもたちを東京の大学に進学させたご両親は凄い」と感心されたというようなことを、高知から仁淀村に向かう車の中で語られたことがありました。しかし、山の中といいますが、毎年二月に開催されるこの村の秋葉祭は見事、圧巻です。一度だけ私も行って見物したことがあるのですが、まるで時代絵巻のように華麗な装束に身を飾った人々の行列。毛槍や幟旗の美しさ。その行列のお旅所のひとつが中越家でもあるのですが、二月のはじめ、かの中越桜はただの一片の葉もとどめてはおりません。冬木桜の風姿もそれはまた見事なのです。

カメラマンでもある吉岡さんの撮影された冬木桜、雪をまとった中越桜。四季折々のこの桜木の姿を私は大切に心のファイルに収納しています。

最後にもういちど、ブラジルの俳句作者の方々との出合いについて記しておきたいと思います。毎年一月の最終日曜日に東京渋谷のＮＨＫホールで、「ＮＨＫ全国俳句大会」が開催されます。二十名ほどの選者が数万句にものぼる応募作品の中から各自特選三句を選ぶのです。私もこの大会の選者をつとめることが多いのですが、二年続けてブラジルの作者の句を特選にいただいたことがあり、授賞式にはるばる帰国をかねて出席される入賞者の方々と親交を深めております。そのおひとり、私より十歳年長の西田はるのさんはよくお手紙をくださいます。

近ごろ、万年筆で、吟味した便箋と封筒に手紙を書く人は激減していますが、西田さんの手紙の文字は美しく、言葉づかいもじつに美しいのです。美辞麗句というのではなく、言葉に実があり、まごころがあふれているのです。この西田さんが「移民百年の行事に全力投球をされ、西谷南風さんはしばらく句会にも出られなくなっておられたのですが、強い意志でリハビリにも打ちこまれ、車椅子で句会に復帰されました。先生からいただいた桜の句の色紙をとてもよろこばれました」という封書をエアメールで受けとったときは、ほのぼのと心が灯り、幸せな気分に満たされておりました。

最後にもうひとつ、南風さんにかかわるお話があります。私の俳句の原点は入学と同時に参加できた東京女子大俳句研究会「白塔会」です。山口青邨先生長逝ののち、私が選句と指導に当たっております。この「白塔会」に八十九歳になられてから数年間、元東京女子大で「古代オリエント史」の講座を長くご担当されてこられた三笠宮崇仁殿下がご参加くださいました。殿下の俳号は若杉《わかすぎ》。句会での名乗りも「三笠宮若杉」と。殿下ご参加の数年間、「自塔会」は毎年四月は「観桜句会」と称して、おそれ多くも殿下が幹事をおつとめくださいまして、三鷹の中近東センターで開催されておりました。句会の前には宮様も必ず吟行をなさいました。

この句会の席で私がたまたまブラジルの西谷さんという俳人が……」と申しますと、即座に殿下は「五十年前にブラジルを訪問。そのとき以来、私は西谷南風氏と文通を続けております」と、句集『桜守』を鞄からさっととり出され、句座の皆さんに回覧されたのでした。私は桜の季節が巡ってきますと、中近東文化センターの万朶の桜に包まれた句座を夢のようにおもい出します。そして三笠宮若杉先生九十代はじめの吟行中の、また句座での颯爽たる風姿をうっとりと思い浮かべるのです。

五月　蒼い目の太郎冠者　ドナルド・キーン薫風の日々

ドナルド・キーン先生に親しくお目にかかったのは、二十年あまりも昔のことです。一九九〇年十月二十七日（土）。「おくのほそ道」の旅で松尾芭蕉が十三泊十四日杖をとどめた栃木県北部の静かな小さな城下町黒羽で「芭蕉文学国際シンポジウム」が開催され、先生は「おくの細道と日本文化」と題する基調講演をなさったのです。「おくのほそ道」三百年の節目の年であったことから、シンポジウム「俳句をめぐる新しい世界」も同時に行われ、山下一海、佐藤和夫、ジャック・スタム、そして私の四名がこの日、パネリストとして壇上に上りました。

数多くの著作を通じて存じ上げておりましたキーン先生のお話を会場の最前列で聴き、その美しく気品のある日本語にほれぼれとしました。黒羽は一九四四年、終戦の前年の十月に東京本郷から六歳で母と共に疎開をして暮らしたゆかりの土地。その日はよく晴れて風もなく、紅葉がじつに美しい夢のようにおだやかな日でした。

控え室で先生とご一緒にお弁当をいただきました。私はその日、自分の人生に、こんな日がやってくるなんて、なんと幸せなことだろうと天に向かって手を合わせたいような心地でおりました。

当時「おくのほそ道三百年」に合わせて、新聞や雑誌、テレビなどで特集が組まれておりました。私も雑誌「太陽」（平凡社）のこの三百年に合わせた記念号のために、その前年に、何回かに分けて、「おくのほそ道」の全行程をカメラマン、編集者と三人で辿り、すべての芭蕉句碑を訪ねる旅を了《お》えていました。

さらに、シンポジウム出席の十日ほど前まで、ドイツのフランクフルトの古城で開催された「日独俳句シンポジウム」にも、俳人協会のメンバーの一人として参加、ドイツ各地を巡る旅も体験してきたばかりでした。あのベルリンの壁が崩壊したばかりのころです。現代俳句協会会長金子兜太氏、俳人協会会長沢木欣一氏、そして伝統俳句協会会長稲畑汀子氏、このお三方がそれぞれの協会の代表メンバーとともに一堂に会した、歴史的なフランクフルト古城での交流会。

この企画の立案と実施にかかわられたのは、当時フランクフルト総領事であった故荒木忠男さん。荒木さんはバチカン大使としての仕事を最後に帰国されるまで、ドイツやイタリアのＨＡＩＫＵ作者たちと、日本の俳人との交流に力を尽くされたのでした。

さらに、個人的なことですが、私の創刊主宰誌「藍生」の第一号が十月号として刊行されたばかり。私は博報堂に籍を置く会社員でしたが、俳人としての活動にも拍車がかかってきたころでした。ちなみに荒木さんは若いときからの句友でもありました。

小春日やドナルド・キーン先生と　杏子

この句が「藍生」に載った号を先生に送らせていただきました。「日独俳句交流の旅」の特集号であったと思います。

郵便受けにキーン先生からの絵はがきがあり、

「いろいろな方の俳句作品を拝見する機会が多いのです。しかし、私のフルネームが詠みこまれた俳句をはじめて拝見いたしました。一筆お礼申上げます。ドナルド・キーン」

と、ご自身のご住所まで実に美しい筆跡で記されています。カードはある日本の現代画家の作品で、中空に女面が浮かんでいる印象深いものでした。

その日以来、私はドナルド・キーンという人の著作を以前にも増して熱心に読むようになりました。雑誌の広告などが新聞に載りますが、ドナルド・キーンという文字が眼に入れば必ず手に入れて熟読しました。幸いなことに勤務先の博報堂は世界でも珍しい神保町の新本と古書のブックセンター街に隣接しています。私は会社の発行する「広告」誌の編集長として一日に最低一度は新本・古本を問わず各書店を巡回するのです。立ち読みもできますし、買った本をすぐ喫茶店で読みはじめることもできます。いい時代でした。

ドナルド・キーンというアメリカ人の文学者に関する情報が、私の中にどんどん蓄積されてゆきました。しかし、黒羽以来、直接お目にかかることはもうありませんでした。

ある年、私は佐渡に渡りました。佐渡市になるずっと以前のことです。山本修之助という方の邸宅に案内されました。

どっしりとした大判の芳名録がありました。佐渡を訪れた文人や学者の名前が一ページに一名、それぞれの筆蹟で記されています。何冊もあるので、なかなか見ごたえがあります。

比較的新しい芳名録を繰っていて、アッと声をあげてしまいました。

墨筆ではなく、それは太いサインペン（フェルトペン）で、堂々と黒々と勢いよくしたためられています。

罪なくも流されたしや佐渡の月　　ドナルド・キーン

私はその晩、キーン先生にお手紙をしたためました。翌朝小木港に近い宿根木《しゅくねぎ》郵便局のポストに投函した記憶があります。

帰宅してしばらくしますと、絵はがきをいただきました。

「おはずかしい作品をご覧いただきました。

佐渡は大変に美しいところで、皆様にご親切にしていただきました。

お手紙を嬉しく拝見いたしました。ドナルド・キーン」

なぜか、フランスのアンティーク・ドールのカードであったことが記憶に残っています。

それから何年かして、私は「家庭画報」という雑誌で一年間、十二人の方々と対談をする仕事を担当することになりました。

この雑誌にこれまで登場することのなかった人を、私の人選で決めてよいというありがたい企画。第一回は編集部の強い要望で永六輔さん。永さんは私がその昔、テレビ・ラジオ局の番組プランナー時代、担当させていただいた大先達。会社員であり俳句作者として歩み出した私をさまざまな場面で押し出してくださる恩人です。この対談はホテルなどで行うことは一切せず、その登場者のいちばん好きな場所、その方がもっともその方らしく写真に撮られる場所で行うことを通しました。職人の技を語りたいということで、永さんは日本建築の粋が見られる沼津倶楽部、旧三輪石鹸の三輪伝兵衛氏の別荘でということになりました。

篠田桃紅さんは岐阜県関市の「篠田桃紅美術空間」、梅原猛先生は京都瓢亭の茶室、小柴昌俊先生は東大安田講堂前の緑蔭のベンチ。瀬戸内寂聴さんは徳島市の「書道文学館」の寂聴館長室……というように、実にさまざまの場所で実施したのです。

キーン先生に編集担当者がご登場の依頼状をお出ししたおり、「現在、私はじつにいろいろな仕事に追われています。対談のような仕事はあとでそのテープ起こしされたものに眼を通し、手を入れることに時間がかかるので……」と難色を示されたのですが、「東京に限らず京都でもどこでもお好きな場所で」と編集者も粘りました。

「京都なら……」ということで、ご希望の場所をうかがいますと「どこか落ちついた寺院など」とのこと。私がお親しくしていただいている大徳寺真珠庵の山田宗正ご住職のご厚意で、真珠庵のどこを使われても、どこを撮影されてもよいとのこと。

「私は平和主義者です。反戦主義者です。京都のこういう空間こそ世界の宝です。伝統のあるもの、美しいものはこの世から失われてはなりません」

「私はコロンビア大学を七十歳で定年になりましたが、その以後も日本とニューヨークを半年ずつ往復。大学院生に日本文学のゼミナールを続けています。いまの若い世代が日本文学をどのように受けとめているのかを、私が学ぶ場としても重要な時間なのです」

「まったく無給で教えておられるのですね」

「ええ、貯金がありますから」

と実にたのしそうに声をあげて笑われた日の、大徳寺の初秋でした。

その対談ではまず、登場者が一ページ大きくカラーのアップで出ます。対談も活字の部分とカラー写真の部分が上手に組み合わされていました。登場者とインタビュアーの発言のポイントは欄外に大きく組まれてレイアウトされ、専門的な話もわかりやすいと好評のようでした。

掲載号が届くやいなや、キーン先生から絵はがきをいただきました。何と二枚。つまり二枚続きです。

「このたびは大変にお世話になりました。いろいろと勝手を申し上げましたが、久しぶりに京都の時間を愉しみました。

真珠庵は実にすがすがしく、いつまでも坐っていたいと思いました。

雑誌の、とくに写真と組み合わさった記事にはいつも不満が残るのですが、たいがいそういうことになるのですが、このたびはとてもよいまとめで感謝しております。事前に心配していたようなことは全くありませんでした。

ほんとうにありがとうございました。」

こののちにまた私は先生とご一緒の仕事に恵まれることとなりました。

山形県最上川沿いの大石田。例の「さみだれ歌仙」の巻かれた町です。

山形県の主催で「おくのほそ道」の芭蕉と茂吉がテーマの文化講演会。この時期「大石田歴史資料館」には芭蕉の直筆による「さみだれ歌仙」も所有者（大石田在住）から特別に提供されて展示されており、キーン先生は小さな資料館の展示品をひとつひとつていねいにご覧になっておられました。また資料館に隣接する斎藤茂吉が戦後独居した『聴禽書屋』にも静かに正座され、最上川畔の空気を味わっておられるようでした。

そして、先生を囲んで、何人もの土地の関係者の男性たちが写真を撮らせてくださいとつぎつぎ集まってこられました。

先生はにこやかにどなたにも公平に静謐に応対されておられたことが忘れがたいのです。このときの大石田行では実にすてきな思い出があります。

最初に先生が基調講演をされ、そののち先生におたずねするかたちでの私とのトークショウがありました。

私は大昔の黒羽での体験とこの日の大石田での体験を通じて、ぜひうかがいたいことがひとつありました。先生の講演中、睡っている日本人はどちらの会場にもただの一人も見受けられなかったことです。

やや嬉しそうに、にこにこと先生がお答えになりました。

「私は京都に留学しておりました。戦後のことです。狂言師の茂山千之丞さんについて狂言を習ったのです。下宿も広い庭のある日本家屋。大声を出してもどなたにも迷惑がかかりません。謡曲ではなく狂言です。このときに私は声の出し方を習い、大きな声も出せるようになりました。そして何より言葉と言葉をつなぐ間《ま》のとり方を学びました。それで私の話をお聴きくださる方は睡ることができないのだと思います」

会場から拍手が起こりました。

トークショウが終わりますと、大石田の町民の皆さまから花束の贈呈がありました。畏れ多いことに私にもいただきました。会場には山形県民の方々を中心に、東京や関西からお見えの方々もおられました。芭蕉ゆかりの地大石田町町民の方ももちろん大勢おられました。

大石田から車で行けば三十分位でしょうか。村山市の有名な「あらきそば」のご主人の芦野又三さんもキーン先生のお話を聴きたいと会場にきておられました。それからもう何年も経ったころ、二〇一二年一月八日、久々に私はお店に行き、芦野ご一家のご好意に浴しました。茅ぶき屋根の畳の間でいただく、板盛のやや固めの太打ちの手打ちそば。屋敷の周りは豪快ともいうべき見事な雪囲い。食事のあと、上り框の切炉でいつものように鉄びんにシュンシュンと沸く山の水で芦野さんがおいしいお茶を淹れてくださいます。よし子夫人も一緒に仕事の手を休め、茶飲み話の時間となりました。

「大石田でのキーン先生のお話はよかったですねえ。すばらしい先生ですねえ。いつも思い出してはあの日、会場に行けてよかったなあと感謝してるんです」

私もありありと思い出しました。花束を受けとられたのち、会場の拍手の中で、背筋を伸ばして立っておられたキーン先生が深々とお辞儀をくり返されたこと。そののちのキーン先生のサイン会には長い長い列ができましたが、先生は机の上に身を乗り出すようにして熱心に署名に打ちこまれ、ひとりひとりに笑顔でサイン本を渡しておられました。

そうです。もっと思い出すことがありました。その晩、遠方からのツアー参加者たちは銀山温泉に泊まりました。キーン先生も私も同じ宿。夕食会には先生のお話が聴きたくてはるばるやってきた人たちもご一緒となりました。

どういうわけか、夕食会の司会進行を私が頼まれたのです。

うす紫とオレンジ色の宿の浴衣に身をつつまれた、湯上がりのキーン先生の素敵なこと。思わず先生に拍手が起こりました。私は「キーン先生、乾杯の音頭をとっていただけますでしょうか」と申し上げてしまいました。

立ち上がられた先生の口上がすばらしい。

「長い年月生きてまいりましたが、乾杯の音頭を私が取らせていただくのは、今日、この日がはじめてです。びっくり致しましたが嬉しいです。それではみなさん、どうぞお元気で。乾杯！」

この晩の写真は私の手元にあるのです。たまたま私が山口青邨先生亡きあと、選者・講師をつとめております東京女子大「白塔会」の句友たちが何人か参加して、この晩餐会の席におりました。浴衣姿のキーン先生の後ろにうち揃って立たせていただき、二カット撮らせていただいたのです。ちょうど最上地方に紅粉花の咲くころ、彼女たちは紅粉花畑にもバスで案内されたことを、いつも懐しく語り合っています。

ところで、大石田でのキーン先生の写真は「さみだれ歌仙」をご覧のところ、聴禽書屋のお座敷におられるところ、基調講演、花束を受けられるところ、客席に向かって深く深くお辞儀をされているところ、その他、すべて見事に撮影されています。カメラマンは大石田の乗船寺ご住職、故安達良昭さんでした。全日写連の写真家として、じつにほれぼれとするようなカットを多数撮ってくださいました。まさに一期一会、「ドナルド・キーンin大石田」アルバムはカラーで、それは魅力的です。キーン先生に写真をお送りして、そのお礼状もいただきました。私と同年昭和十三年生まれ、「藍生」会員で俳句もつくっておられた安達さんが、キーン先生のお人柄に打たれ、その写真を撮らせていただけたことは光栄だと何度も言われました。現在ご立派な後継ぎのご子息、安達良信さんが乗船寺を守っておられますが、いまも天国でキーン先生に関するさまざまな情報を集め、受けとめておられることと思います。

同年の安達さんがこの世を発たれて歳月が流れました。

私はさまざまな俳句の仲間たちと勉強会を重ねてきておりましたが、師系・結社を異にする句友たちと、同人誌「件《くだん》」を創刊しました。以来、俳句作者としての私の肩書は、「藍生」主宰、「件」同人となって今日に至っております。住所は神保町ですが、九段坂下に近い靖国通りにある「藍生俳句会」の事務所が句会や勉強会の場として使われることが多いということも、「件」命名のひとつの要素かもしれません。事務所のビルの一階に寿司の「江戸銀」があります。そこの小座敷でメンバーが集まって、いろいろと夢を語り合いました。

夢のひとつは「件」のメンバーが五万円ずつを拠出して、すぐれた句集や評論を対象に賞を出すこと。賞の名前は六月に贈賞式を行うこととし、「みなづき賞」とする。花束の代りに六月にちなんでさくらんぼのたわわに実る枝をさし上げる。メンバーの中に山形新幹線の駅名で「さくらんぼ東根《ひがしね》」に近い旧谷地《やち》に実家の医院のある聖路加病院副院長・小児科部長細谷亮太（俳号喨々）さんがいらしたので、この夢も実現しています。

第一回のみなづき賞は、中村草田男がまとめることなく刊行できずにこの世を発ってしまわれた、その句業を刊行委員会を結成して句集『大虚鳥《おおうそどり》』として出版、草田男俳句をきちんと世に遺すことに力を尽くされた「萬緑」代表成田千空氏とその刊行委員会にお受けいただくことができました。

スポンサーなどまったく存在しない、十名ほどの俳人たちの出資、まったくの手弁当によるこの小さな賞は各紙誌でとりあげられ、芳賀徹先生からも「ああいう表彰はいいね。『件』はいろいろ独創的な企画を打ち出せる会だと思うので期待しています」とのおはがきをいただきました。反省会と称してまた集まった江戸銀で、「件」主催の講演会を企画して、心ある俳人たちの交流の場にしたい、その講演者は……といろいろ語り合っているうちに、「これは夢の夢かも知れないけれど、ドナルド・キーンさんなんか交渉できないかなあ」とたしか横澤放川さんが言い出しました。

「実現したらすばらしいなあ」

みんな盛り上がってきました。ちょうどそのすこし前、キーン先生の『明治天皇』などを担当された新潮社の冨澤祥郎さんの独特の筆跡による宛名書きで、著者代送と印の押されたキーン先生の新刊書がつぎつぎと私の自宅に届けられていました。

「キーンさんからの献本とはすごいよ」

「期待しないでくださいね。講演料十万円でお許しいただけますでしょうか」とご意向をうかがう役目を、ご縁をいただいている私が担当することとなりました。そしてキーン先生はご承諾くださったのです。

その年、「源氏千年記」でとりわけ先生はご多忙でした。それにもかかわらず、山の上ホテル別館を会場としての第一回「さろん・ど・くだん　ドナルド・キーン先生との夕べ」にお運びくださり、百七十名の俳人たちを酔わせるお話をしてくださったのです。その上、ご著書にサインをする時間までとってくださって、にこやかに退場されたのでした。

そののち、先生のご著書を『明日の友』の書評欄でとり上げさせていただく機会があり、掲載号を版元から送っていただきました。すぐに絵はがきで感謝のお言葉をいただきました。いつも驚くのですが、絵はがきの裏面二分の一の限られたスペースに、キーン先生は郵便番号、住所、氏名を一文字も省略されず、流麗な文字でじつに美しくレイアウトされるのです。もちろん、必ず日付もきちんと記されています。

そののち、ずいぶん日が経ってしまいましたが、ニューヨークのコロンビア大学のアドレスに、「さろん・ど・くだん」の折の先生の写真をまとめてお届けしました。その写真に添えて「小田実さんが、末期の胃ガンで、聖路加のホスピスに入られることになりました。小田さんからのご連絡を受けて『件』の仲間である細谷ドクターにお力になっていただいた結果です。信じられないことですが現実です」と認めました。写真受理のご連絡はいただきませんでしたが、小田実さんから「ニューヨークのキーンさんから電話をもらった。黒田さんからの連絡で、と言っておられた。あなたの情報網とスピードはすごいもんだとびっくりしてる」とお電話がありました。

このあと、キーン先生のお姿を拝したのは、なんと東京青山葬儀所における「小田実告別式」の会場でした。二〇〇七年の夏の終わり。

信じられないことですが、このお別れ会の司会を私が頼まれてお引き受けしていたからです。葬儀委員長は鶴見俊輔先生。八月五日。蟬しぐれ降りしきる日。会場の内外に八百名もの人々が詰めかけ、まさに「小田実国民葬」ともいうべき印象。弔事を述べられた数名の方々の中にキーン先生がおられました。加藤周一先生につづいて大スクリーンの遺影の前に立たれました。この日先生の右脚にはギプス。特別に印象深いお姿でしたが、小田さんに向かって語りかけられる美しい日本語に思わず涙があふれました。

そののち、「小田実の文学を語る会」でもお目にかかりました。東京・淡路町のオフィスビルの大きな会場。スピーカーは、ドナルド・キーン、鶴見俊輔、澤地久枝、そして小田さんの人生の同行者玄順恵さん。この晩も私は司会を頼まれておりました。キーン先生が特別に英訳を担当され、世界に読者をひろげた小田実著『玉砕』（岩波書店）を中心とした小田実論で、それは見事な四十分間でした。

岩波書店の高村幸治さんがこの日の写真をたくさん撮っておられ、司会の私も何枚かいただいているのですが、私の両眼に涙があふれているものがあって、キーン先生のお話のおりのものであると思われます。そして近年は新しいご著作が出るたびに、先生からご恵投いただくようになり、光栄なことですが申し訳なくも思っております。

ご縁は不思議なもの。アメリカ国務省の一等書記官として日本に滞在中、ふとしたきっかけで私に出合い、一年半余り、月一回二時間の私の特別講義を受け、句会にも参加したアビゲール・フリードマンさんの紹介で、私は名著『正岡子規』のあるジャニーン・バイチマンさんに出合ったのでした。詩人であり、日本文学研究者のジャニーンさんはコロンビア大学でのキーン先生の門下生。ご主人の山本毅雄さんともどもキーン先生の側近のようなおふたりです。

友情の輪もさらに拡がってきました。思いもかけないなりゆきから、アメリカ人の女ともだちがつぎつぎ私に恵まれたのでした。

二〇一一年三月十一日。

日本と世界の人々が、その人生観・自然観を一変させられた日がやってきました。

日本に暮らしていた外国籍の人々が一斉に帰国。その年の四月、京都寂庵の「あんず句会」に出かけた私は、桜の季節の京都のホテルに外国人の姿を見かけないという数日間を過ごしました。信じられない花の京都。

一方、ドナルド・キーン先生は「私は日本人になります」とおっしゃって、二〇一一年の夏をもって、一年の半分を長年にわたって住みなれたニューヨークのアパートを引き払い、日本永住を表明されたのでした。

「東北に奇跡は起こります」とのご発言、「日本永住宣言」は日本人、とりわけみちのくの人々を励まされたのだと思います。私が文学賞の選者をつとめる福島民報に掲載された土地の歌人の作品などにも、そのこころが切々と詠まれていました。

私は同人誌「件」のメンバーと相談の上、「お帰りなさい　キーン先生」のタイトルで、「さろん・ど・くだん　キーン先生との夕べ」を再び山の上ホテルで開催させていただくことはできませんでしょうか、とのお手紙をニューヨークの先生のアパートにお送りしました。

半月ほどして、コロンビア大学の名前入りの横長の封筒が届きました。さまざまな切手が美しくたのしくレイアウトされて貼ってあります。

「美しい切手をいろいろとたくさん貼ってある封筒を手にして、黒田さんからのお便りではないかとすぐ思いましたが間違いではありませんでした」

まず冒頭のこの縦書きのお言葉を読んだところで、私は涙が出てしまいました。そして便箋二枚半にわたって、長年暮らしたアパートの整理は想像を上まわる大仕事であること。とりわけ、日本の文学者、作家の方々からの手紙は膨大な量となっており、簡単には整理できないこと。日本に帰れば、すでに取材の予約がどっとあること、しばらくは個人の時間はないものと覚悟していること……。

「このような事態もはっきり申し上げて予想外のことでした。当面は時間がまったくとれません。いつか必ず落ち着ける日が来るでしょう。

時間が経てば状況は変わると思います。

そのときに、またゆっくりお目にかかってお話をできればと希っております」

という内容が細かな日本文字でびっしり書かれていました。先生からの封書はこの時いただいたものがはじめてです。

ジャニーンさんにこのお手紙をいただいた旨お電話したところ、「うらやましい。私はメールばかりなので、手許にはキーン先生の手紙残りませんね」と。

二〇一二年になりました。私はこの二十年来、新潟日報の俳壇選者を担当していますので、毎日自宅にこの新聞がとどきます。「柏崎にドナルド・キーン記念館」という記事と並んで、「ドナルド・キーン著作集（新潮社）の配本はじまる」の記事。キーン先生が著作集を前に立たれ、カラー写真で載っていました。

「件」の会のみなづき賞は、句集や評論が対象ですが、メンバーがそれぞれ推薦の作品を提出。真剣なディスカッションを経て贈賞作品がきまるのです。一昨年は十五年の労作『龍太語る』（山梨日日新聞社刊）でしたが、昨年は該当作なし。ことしこそよい作品、大きな仕事に差し上げたいと皆でリサーチしていたところでした。

まず数人のメンバーに了解を得た上で、みなづき賞という私たちの小さな手弁当の賞をキーン先生がお受けくださるかどうか、うかがってみたいと、先生に宛てて私は手紙を書きました。書いているうちに四百字詰原稿用紙五枚にもなってしまいました。いつも携行している切手入れの中から、昔手に入れていた大判の山桜とか歌舞伎の切手とか、美しい切手をぎっしりと貼って、赤いサインペンで速達と記し投函しました。すでに文化勲章などを受章されている方に、奈良市水間の陶芸家辻村史朗作のやきものが正賞。副賞は四十万円。受賞者は山の上ホテルでの贈賞式ののち、「受賞記念講演」を九十分。すべて正直に書きつらね、会場には一人一万円の会費制で心ある俳人二百名近くが参集しますと書き記しました。

おうかがいの封書を一月二十日に速達のポストに投函したあと、私はあちこち出かけていて家に戻ったのは一月二十六日。それも夕刻でした。

郵便物の束の中に、ドナルド・キーン先生のご署名のある横長の封筒を見つけましたが、恐ろしくてすぐには開封できませんでした。いくつかの郵便物に目を通し、一つの仕事（校正ゲラチェック）を終えて、意を決して封を切りました。時計は九時すこし前。封筒の切手はある書家の辰の文字の八十円切手。白い二枚の便箋の一枚目に次の文面。二枚目は白紙。便箋はきちんと折り畳まれています。

いつもの先生の文字より大きく、勢いのある筆蹟と感じられました。

黒田杏子様

お手紙を大変嬉しく拝見しました。

「みなづき賞」は俳人に上げる賞ですのに私のように俳人でない人間が受賞してもいいのでしょうかと躊躇いたしましたが非常に親切なお便りを再び拝見いたしましたら断ることができないと分り、喜んでいただくことにいたしました。「クダン」の皆さまに私の感謝をお伝え下さい。

受賞の日として六月八日か九日か十日がどれでも都合がよろしいです。

よろしくお願いします。

一月二十三日

ドナルド・キーン

キーン先生は私たち「件」のメンバーが差し上げる「みなづき賞」の贈賞式にお運び下さいました。

金子兜太先生と芳賀徹先生がお祝いの言葉を述べられ、京都からかけつけて下さった大徳寺真珠庵の山田宗正住職の独唱をたのしまれ、すばらしいお話をして下さいました。今回の正賞は辻村史朗さんの「般若心経」の軸でした。山形から届いたさくらんぼの枝とその軸を抱えられ、秘書の方々とにこやかにお帰りになられました。

私は、この本の原稿はどなたにも事前のチェックはしていただいてないのですが、キーン先生にはゲラ（初校）をお送りしました。折り返しおはがきを頂きました。

ご論文は大変親切で嬉しく拝見しました。直すところがありませんが、遠慮の名人である私は賞め言葉に対して反対する筈です。ともかくどうぞお使い下さい。

ドナルド・キーン

六月　青梅雨の榊一邑　莫山・美代子大往生

野山の色もいよいよ深く、初霜の候となりました。さわやかな風に秋を感じ始めたころ、十月一日に母が亡くなりました。父の命日であります十月三日に、荼毘に付すこととなりました。「おとうさんと同じにしてほしい」と申していましたので、同じように見送りました。その折には、温かいお心遣いをいただきまして、誠にありがとうございました。

最後まで前向きで、定命を生き抜くことのできた八十四年、父とともに歩むことのできた六十三年は、幸せな生涯であったとつくづく振り返り、さまざまなご縁に恵まれましたことを、しみじみとありがたく思う日々でございます。お蔭さまで、満中陰も無事終えることができました。

先日、母の部屋を片付けていましたら、引出しから、来年の歌会始めの御題の切り抜きと母の歌が出てきました。昔から、誕生日の九月八日ごろに投函して、毎年楽しんでおりました。いつごろつくってあったのか、今年は出してはいませんでした。

池の岸
五位鷺一羽みじろがず
飛び立つ先を考へてゐる

その日を迎えた母は、迷うことなく中陰の旅を終えて「瑠璃光院遊花美怜大姉」と改め「曼荼羅院遊風莫山居士」となった父に、きっと出合っています。


「おとうさん　まっててくれた？」

「ウン　マッテタ」

「おそなって　ごめんね」

「エエヨ　ナレテル」

という声が、聞こえてきそうです。二人が慈しんだ草木も花も、晩秋の庭でそれぞれいつものように冬支度をしています。

申せば尽きないことでありますが、諸々のご芳情と御恩に感謝をしつつ、心からの御礼を申し上げます。
本当にありがとうございました。合掌
平成二十三年十一月二十日　榊せい子

榊莫山先生・美代子夫人のご長女、せい子さんのごあいさつ状です。

亡くなられた昨年、その十月三十一日に私は美代子夫人とお話ししたく、榊家に朝お電話をかけたのです。

その年の五月三十一日付の美代子夫人のおはがきは、ずっと私の鞄の中に収められていました、「電話をしなくては、しなくては。莫山先生亡きあとのご様子をうかがい、一度お見舞いに上がらなくては」と考えつづけていたのでした。常に私が携行しておりました美代子夫人のお葉書をここに書き写してみます。


長らくの御無沙汰お許し下さいませ。

何からお禮申し上げたらよろしいやら……。先ずは莫山逝去の際、新聞紙上への取材に応じていただきましたこと。余りにも急逝であったため、皆様には欠禮のまま、何とか消光致しております間に八か月経ちました。

六月号「藍生」秩父吟行の御句、ふと眼に止まりました。御温情に心打たれたただただ感謝して居ります。有難うございました。

寂聴先生にも随分ご無沙汰重ねて居ります。あれやこれやと、いっぱいお話あり過ぎまして、結局なんにも書けません。

ともあれ、この度の『日光月光』当然の事乍ら、蛇笏賞ご受賞おめでとうございます。七十二歳とは驚きでございますが、多才、実行力、文学への足跡の大きさに感銘一入でございます。お元気でいらして下さいませ。　かしこ

いつもと変わらぬ筆勢。貼られた切手は大輪の菖蒲一花。ただし住所が昔の上野市菖蒲池から伊賀市菖蒲池一二八二と変わっていることをあらためて眺めていました。

五月の末にいただいたお葉書を握りしめて、榊家の電話の番号を押し、「もしもし、美代子奥様ですか」と申し上げると、「母は亡くなりました」とせい子さんのもの静かなお声。

五か月もご無沙汰を重ねてしまっていたことをいまさら悔やんでも致し方のないことですが、莫山先生が一年前の十月三日に亡くなられ、美代子夫人はその一年のちの十月一日に亡くなられたことを知らされ、おふたりの絆の強さに感銘を受けてもいました。

美代子夫人のお葉書の中にある、莫山逝去の際、新聞紙上への取材に応じていただきまして……の事情は、莫山先生の急逝に衝撃を受けられた夫人が外部との対応、連絡を絶ってしまわれた際、共同通信の強い要請に応じて、私が急拠執筆をした原稿のことなのでした。

共同通信（大阪）より十月七日、全国各紙に配信されたものです。

峻厳で気迫こもった書

榊莫山先生がこの世を発たれた。若き日、詩の同人誌の仲間であり、莫山芸術を支えて、ともに歩みつづけてこられた美代子夫人に代わって、ご長女のせい子さんが電話で話してくださった。

五年ほど前、すでに先生は鉛筆で書いておられた。「葬式はいらない。息を引きとったら、家族だけで枕辺で般若心経を上げて火葬場にゆき、骨あげののち、新聞社などにお知らせする」

「枕辺に集う者の名前もきちんと記されていましたが、そののち結婚、出産をした者がおりまして、当日は十八人が集いました。榊家は真言宗豊山派ですが、お坊さまもお迎えしなくてよいとのことでした。しかし、長年のおつき合いのある東大寺北河原公敬別当や執事長さまがお運びくださり、ねんごろなお経を上げてくださいました。ありがたいことでございました」

美代子夫人もせい子さんも裏千家の茶人。しめやかなその声の向こうに、昔から榊一《ひと》邑《むら》と呼ばれてきた三千余坪の秋色濃い大屋敷のたたずまいが目に浮かんでくる。母屋には「草庵」、門には「山居」、アトリエには「柝庵《たくあん》」の額がそれぞれ掛かる。美代子夫人の茶室は「春雲亭」と「休庵」

「柝とは拍子木のこと。私はたった独りだから、自分で自分の尻をたたきつづけていないと」。おびただしい筆の数。山積みの紙の嵩。詩書画と呼ばれる独自の莫山芸術はすべてこの空間から生み出されたのだ。

一九八一（昭和五十六）年、ご両親亡きあと、大阪暮らしをきり上げて産土の地に戻られた榊家の十七代。長屋門を貫く広やかな丹波石の飛び石。莫山書の宇宙のように自在で斬新。何ものにもしばられない伸びやかさが美しく、なつかしい。

二十年も昔のこと。京都・嵯峨野寂庵から中継の吟行句会番組にゲスト出演された。瀬戸内寂聴さんの当日句「かきくわりんくりからすうりさがひとり」を色紙の上部三分の一ほどのスペースにさっとご染筆。呆気にとられた私に、「自分の句を書家に書いてもらって臨書するのはダメですよ。自分の句の呼吸は作者本人にしか分からない。お手本を書いてもらってはいけない。あなたの句はあなたのレイアウトで、あなたの筆勢で書いてこそ価値がある。落款も好きな位置にね」と。

莫山先生の書は書籍、テレビ番組のタイトル、看板、商品名などあらゆる場面に親しみやすく生きている。しかし東大寺で頒けていただける写経のお手本などを見れば、いかに峻厳で格調高く、気迫のこもった書であるかをも知らされる。

大津の園城寺三井寺に建つ碑は「三井寺の門たたかばやけふの月」で、句の後に「元禄四年芭蕉、莫山かく」と添書のある大きな自然石。文房四宝に関しては言うまでもなく、空海や良寛、芭蕉などについての独自の検証と見解が示されている著作の数々。人間のいとなみと、山川草木虫魚に至るこの世の森羅万象に対する批評眼とやわらかなまなざしに満ちた詩書画の作品に、こののちあらためて学んでゆきたいとねがっていた私に、せい子さんが静かに告げられた。

「父は大好きな『大和八景』をはじめ、気に入っていた大作の屛風など、代表作一三〇点余を自選しておりました。すでにすべて三重県立美術館に収蔵していただいております。父は大往生を遂げさせていただいたのだと、いまそのことに感謝をしておりま す」

榊莫山という方のお名前は、ひとりの読者としてよく存じ上げていました。『野の書』（創元社）、『文房四宝』（角川書店）、その他数多くの著作を通じて、ひとりのファンとして、この人とその生き方にずいぶん昔から私は親しみを抱いていたのです。一九二六（大正十五）年に伊賀上野で誕生、ということを知って、自分よりひとまわり上の寅歳のアーティストであることにも、私は共感のようなものを感じていたのです。

「いちど莫山さんのところに行ってごらんなさいよ。半日もいたら、あなたなら俳句百句くらいつくれちゃうと思うなあ」

そうおっしゃったのは瀬戸内寂聴先生でした。嵯峨野の寂庵サガノサンガで「あんず句会」の講師をつとめるようになって、私は職場に休暇申請を出し、月に一度句会で欠かさず寂庵に向かうようになって、客間に通されると、そこに必ず、何か莫山さんの作品が飾られているのでした。

床の掛け物であったり、ともかく毎月一度必ず莫山さんの書、もしくは独特のあの詩書画に接することになるのでした。

それだけではありません。

私は莫山の書に守られてこの世に在るというご縁をもいただいているのです。

昭和の終焉と同時に、生涯の師山口青邨先生が九十六歳の大往生を遂げられました。私が先生のつぎに尊敬・信頼してやまなかった「夏草」同門の兄弟子古舘曹人さんが、私のつとめ先に電話をかけてこられました。

「頼みたいことがあります。昼休みに三十分ほど時間をとっていただきたいが……」

曹人さんが神田錦町の博報堂本社ロビーに到着されたのは二時間後、神保町交叉点に近いビルの二階にある喫茶店に入って、奥の席に向かい合って座ったのは十二時十五分。ウエイトレスが立ち去るや、

「青邨先生が亡くなられ、『夏草』は先生一代で終刊となります。会員の今後のことを考え、主宰者となる条件のある人たちに新たに結社を興してもらうことにします。夏草賞を女性で受賞している貴女もその一人。けん二、朗人、夏風、とほる、啄葉はすでに盛岡で「樹氷」を持っています。杏子さん、貴女は広く世の中から会員を集めてください。『夏草』の会員は他の人の会にまかせて、つまり杏子さんは夏草人以外の人と会を立ち上げるのです。貴女はそれが可能だ。青邨の精神を引き継いで、好きなように新しい集団を創り、運営していってください。私はすべての会員の行き方が定まって落ち着くまでの間、『夏草』の運営と定例句会などの指導に当たりますが、自分の結社を興すことは致しません。終刊後の事態が完全に落ち着いたのち、古舘曹人個人として作家活動に入ってゆくつもり

です」

曹人さんは三十歳を目前にして、学生時代以来の句作を再開、青邨先生に再入門をした「夏草」には帰り新参の私を根底から鍛えてくださった先達です。東大ホトトギス会から学徒出陣、東大に復学、のち経済界で活動を続けながら、誰よりも真摯に句作に打ち込んでこられたこの人の、これまでの生き方にはブレというものがまったくなかったのです。質問も反論もできません。

「わかりました。努力してみます」

乗りこんだタクシーの座席から軽く私に頭を下げられた曹人さんをお見送りして、私は会社の席に戻りました。

一人の俳句作者として人生を貫く。それ以上のことも以下のことも望まない、ということを自分に誓って句作の道に立ち戻った私でしたが、俳句結社を興して、主宰者となる、という考えはもっておりませんでした。古舘曹人さん、深見けん二さん、斎藤夏風さんなどの兄弟子に学び、「木曜会」という鍛錬句会にも参加。常に吟行の旅にもこの方たちとご一緒させていただいてきました。しかし、この日まったく新しい局面に私は独りで立つことを曹人さんから命令・要請されたのでした。

誌名は「藍生」と決めました。花森安治氏の一人娘、花森藍生さんは学生セツルメントの仲間。大学は異なりましたが、一年上のこの人の名前を、私はなんと美しいのだろうといつも思ってきました。あわせて、藍生さんのお父上、安治先生の雑誌「暮しの手帖」を私は子どものころから敬意をもって読んできていました。広告会社に就職した私には、市販の雑誌でありながら、まったく広告というものがない雑誌、その上に雑誌の発売広告は朝日新聞などに大きく出る。このいき方にも関心と共感がありました。

その安治氏が愛娘に与えた、というより希《ね》い《が》をこめて贈られた名前「藍生」をいただいて、俳句の結社雑誌ではあるけれど、どこかに花森精神を生かしてゆきたいとも考えたのでした。青邨先生がおられないのです。この文字をつまり誌名を書いていただく方を探さなければなりません。私は莫山先生にお願いしたいと考えました。寂聴先生も賛成され、「あなたの考えをきちんと書いて、お手紙でお願いをしてみなさい」とアドヴァイスをいただきました。

「あんず句会」の日の京都からの新幹線のシート。幸い隣席は空席。窓の外は暮れていましたが、ガラスに映った自分の顔におどろきました。まるでお婆さん。寂聴先生は五十一歳で得度されたのです。その年齢よりはまだすこし若い私の老けこんだ顔をしみじみと眺め、新しくスタートする俳句結社のあり方、構想を練りました。

自宅に帰り着いたとき、十一時前でした。顔を洗って歯を磨き、原稿用紙をひろげて正座しました。
榊莫山先生、とまず書きました。新幹線の中で考えてきたことが、メモもないのに、明快に文字になってゆきます。広告会社の社員として三十年ほど月給をいただいてきていま す。企画書は比較的得手の仕事でずいぶん書き上げてきました。

しかし、これは新しく世の中に誕生してゆく俳句創作集団（会員は全く未知。すべてこれから集まっていただくのです）の理念です……。

まず先生に自己紹介の文面のお手紙をしたため、つぎに創刊する「藍生」のあり方を別の原稿用紙にと考え、とりかかりました。

「藍生」のすすめ方を書きはじめたとき、まるで神さまの手がペンを持つ私の右手にのり移っているように、すらすらと、のびのびと書き進められるのです。

青邨先生・いそ子夫人。私の父や母。そして古舘さんや「夏草」の先輩の方々。尊敬するみなさんの霊が私の背後に佇っておられるよう。もちろん、寂聴先生の激励もあります。

四百字詰め原稿用紙一枚にきっちり納まったその文章を両手に持って、声を出して読み返してみました。ふと法然上人の「一枚起請文」という言葉とその画像が脳裡に浮かびました。

全員が平等の結社。いわゆる同人制は敷かない。集まってくれた未知のメンバーの誰よりも私が誠心誠意努力する。学ぶ。基金募集はしない。肩書や俳歴にこだわらず作品本位で……。

残念なことですが、この一枚の原稿のコピーを私はとっておりません。博報堂の名刺を一枚添え、長三の白地の封筒に原稿と手紙をきちんと畳み、ストックしてある切手の中からデザインの美しいもの、季節やや先どりのものを何枚か選んで、速達とし、規定料金の何倍もの切手のレイアウトに気を配ってカッコよく貼り上げました。

夜中に集配はないのですが、近くのポストまで出かけてゆきたくなりました。ポストの前で手を合わせ、「莫山先生、どうぞよろしくお願い申上げます」とつぶやいて投函。すっかり安心してぐっすり眠りました。

「あんず句会」は第三金曜日。帰宅してその日の夜中すぎに投函したのですが、なぜかもう私は先生の題簽がいただけるような楽観的な気分になってきていました。じつは結社誌のタイトルを莫山先生にという考えを創刊メンバーの何人かに話したところ、「無理じゃないかなあ」「ギャラが高いでしょう」「書いてくださるとしても時間がかかると創刊準備号に間に合わない」などの声があったことは事実です。でも何の不安も心配も私にはありませんでした。ひとまわり上の寅歳の書画人は、きっと私のあの一枚起請文に共感してくださるという、妙な確信のようなものが私の身の内に湧いてきていたからです。

折り返し会社のデスクに、榊莫山としたためられた封書がとどきました。

「拝復。お考えを支持、支援。何案か書いて近いうちにお届けします。榊莫山」

私はその封書を持って、出先表の黒板に「書店巡り」と記し、山の上ホテルまで歩いてゆきました。このホテルは入社以来入りびたってきておりまして、支配人の方をはじめ、従業員のみなさんが顔なじみです。若いころ、家を早く出てきて、別館一階のアビアントーで洋朝食をとり、ミルクティーをゆっくりいただいて、テーブルの上で企画書の仕上げや清書をして、出社したこともしばしばです。そのおかげで、「山の上ホテル開業五十周年成就の会」にもお招きをいただき、特製の皮革ブックカバーとブックマークのセットをいただいていることが秘かな私の自慢なのでした。いちばん奥のテーブル席に一人で座って、ランチコースを注文。勤務中ですが、グラスの赤ワインも頼みました。フロアチーフのおどろいたような表情。「ちょっといいことがあったから」とワインを三分の一ほどで止め、パンにバターをたっぷりつけて、ゆっくり食事を愉しんで会社に戻りました。

その二日後、何と宅配便がデスクに届いていました。名刺は会社でつくってくれるものしか当時持っておりませんでしたので、莫山先生には自宅の住所もお手紙には記しましたが、博報堂という名前の方がわかりやすかったのでしょう。宛名も先生の文字のそのクロネコヤマト便の袋はいまも保存してあります。

「藍生」という二文字が五タイプ、つまり色紙五枚に墨書されており、それぞれにまったく印象が異なるのです。さらに、AOIという一枚もあり、こちらはTシャツにでも使ってどうですかと。私はありがたいやらびっくりするやらで、涙がにじんできてしまいました。

その日ただちに先生にはお礼状を書きました。翌週には東大寺の落雷で倒れた大杉の材ですよと説明付きの木の板に、横書きの「藍生」の二文字が書かれた表札のような作品もいただきました。添えられたお手紙に、「毎日新聞《女のしんぶん》楽句塾をずっと見ていました。『藍生』の発進を祝して　寞」とあります。

寂聴先生はとてもおよろこびになられましたが、注文がつきました。「アオイなんて誰も読めない。雑誌はね、あいと読む字が入っていると当たるのよ。『あんあん』『のんの』みんな売れてるじゃない。『藍生』もあらんせいと読んだほうがいい。そうしなさいよ」

思いもかけぬご提案でしたが、アオイで通させていただきました。表紙のデザインは当時、マツキャン・エリクソン博報堂という合弁会社のアートディレクターとして敏腕を振るっていた中原道夫さんにお願いできました。

さていよいよ寂聴先生のおすすめに従い、寞山先生をご自宅にお訪ねすることになりました。

「本籍は書家、しかし現住所はわからんようになった」とおっしゃって、自由自在、旺盛な活動をつづけておられる先生。ワクワクしながら私は京都から出かけてゆきました。

「近鉄線の名張で降りて、タクシーを拾ってもらったら、十五分ほどで着きます」とあるすてきな手書きの交通略図を手に、句会の翌日、ホテルを早目に出て、ひとりで草庵に向かいました。名張に向かう窓の景観は懐しいものでしたが、私が育った北関東の那須野原あたりのそれとは大分趣きを異にしていました。たたずまいが全体にやわらかいのです。名張駅前でタクシーに乗り、「菖蒲池の榊先生のお宅へ」と告げるや、運転手さんは待ってましたとばかり、どこか自慢げににこにことして走り出しました。ふと以前、飯田龍太先生をお訪ねした日のことを思い出しました。中央線の石和で降りて、「境川の飯田先生のお宅へ」と告げたときの、やっぱり誇らしげな、いかにもうれしそうな運転手さんの表情とその様子がとてもよく似ていたのでした。

タクシーが止まりますと、ＮＨＫテレビの画面などで見ていた長屋門の前に、晴れやかな表情で草履に着流しの莫山先生が立っておられます。先生の背後にひろがる森のような屋敷の天地を、鶯が深い谷間を渡るように、あちらこちらからこだまをなして啼き交していいます。この日、私は莫山先生にお目にかかり、美代子夫人に出合ったのでした。ご夫妻は不思議なことにはじめてお目にかかったという感じがどうしてもしないのでした。美代子夫人は茶人。見事にお茶を点ててくださって、おいしい京都のお菓子とともにおすすめくださいます。「いまは便利ですね。こういう練切りも冷凍しておいて、時間を見はからって室温に置いてからお客様にお出しできるんです。こんな山国でねえ。夢のよう」

私は夫人にお目にかかった瞬間、ああ、この方なら何でもわかってくださる。生涯の友人と直感してよろこびが全身を走った心地でした。

この日、伊賀街道に面した老舗の二階のいちばんよい部屋で、大きな火鉢にかんかんと熾る炭火にあてた金網の上の薔薇色の肉片がどんなにおいしかったか、四半世紀近く経ったいまも私は忘れられないのです。

廊下から見下ろした中庭を埋めていたみずみずしい柿若葉と、熾ってはうっとりと崩れ果ててゆくまっ赤な炭火のとり合わせがどれほど美しく、人間の気分をゆたかにさせてくれるものであったかということも忘れることはできないのです。再び榊家に戻ってきて、ご夫婦について、三千坪余りの屋敷の内を巡りました。この日本列島に、これほどの理想的生活空間に暮らしている人が他にいるであろうか。いない。と私には思われました。すばらしい屋敷を持っている人はいます。よく手入れされた樹木と石などに囲まれて暮らす人もいるでしょう。しかし、この先祖伝来の榊一邑は十七代莫山とその夫人美代子夫妻の手によって、日々鮮《あた》らしくよみがえってゆくのです。

少年時代からの筋金入りの山童、植物好きの主は、その昔、なんと榊枯月なる侘びたペンネームをもって、ひたすら恋文を送りつづけた相手がいました。筆記具は筆と限らず、万年筆、色鉛筆とさまざま。標的が美代子夫人。「手紙は全部とってあるけど、読み返すのも恥ずかしい。でもあのころから、字はとてもよかった」と。私は日本列島桜花巡礼を重ねて、植物は人間や動物以上に、人のこころに敏感だということを知りました。植物は、とくに樹木は、大地にじっと腰を据えて、動き廻る人間の心を見抜くものだと知らされました。私たち人間はこの世の一木一草に常に見られているのです。花を眺める人間を花もまたじっと眺めてくれているのだと今私はそう信じています。

榊一邑の曼荼羅を構成するものは、この宇宙に生きる草木虫魚であり、榊夫妻です。何が、誰が主人であるということではなくて、お互いがお互いによって生かされているのです。屋敷の樹木はその主に似るのです。主もまた樹木に似てゆくのです。夫人も同様です。莫山という詩書画人と表裏一体の存在として、詩人であり茶人である榊美代子が、この空間に丸ごと生きていたのです。この夫妻、二人で一人なのではありません。二人で観音力、念彼観音力《ねんぴかんのんりき》の二人なのだとこの日学びました。

広大なこの庭に画人は壮大に水を打ち、茶人は心をこめて草を引くのです。草庵はゆくりなくもこの世で遭遇し得た書画人と茶人の合作。一対の男女の希求によって日々刻々更新されてやむことのない草木曼荼羅の宇宙。榊莫山・美代子の庭宇宙は、草木虫魚鳥獣輪廻転生の舞台。

一九五八（昭和三十三）年、三十二歳の莫山は書の師、辻本史邑の死去に遭い、以後所属のすべての会を退き、生涯を書壇の組織に属さず、単独行を持続されたのでした。

かつて、私が第三句集のタイトルを『一木一草』としたいのですが……とお電話で相談させていただいたとき、「それはいいいな。黒田さんにぴったりの四文字や。書いてあげますよ」とすばらしいご染筆をすぐ送ってきてくださいました。

大阪の阪急百貨店などでしばしば開かれた展覧会はいつも大入り満員。私も図録を買ってサインしていただく長い列につきます。「お忙しいのに。ありがとう」とにっこりされ、大きく「杏子先生　莫山」とお書きくださるのが常でした。特製・莫山銘の墨も筆も賜っています。「この墨、じつに上りがいいのやけど、ほんとの味が出るのは三十年後や。そこまでは生きられんのが惜しいな」と。

莫山先生一周忌に、色紙にペンで書かれた独自のレイアウトの般若心経をいただきました。コピーをとってもその『気』は変わりません。手書き派の池内紀先生にお届けしました。「手と脳の働きが一体となった圧巻でするね」とのお葉書をいただきました。

七月　涼しさのあんず句会　名付け親瀬戸内寂聴先生とともに

京都の寂庵嵯峨野僧伽《サガノサンガ》での「あんず句会」も二十七年目に入っています。昭和六十年十一月に第一回の句座が開かれました。とびきり紅葉の美しい年でしたが、綿虫も舞っていた日のことは忘れることはありません。

「人間は一度は死ななければなりません。辞世の句くらいはつくれるように」と寂聴先生がさまざまな出席者を集められ、この日、私の句友たちも東京から何人もかけつけてくれました。

法臘は十三にして冬紅葉　　寂聴

この日、法臘というのは、得度してのちの年齢なのだと皆が初めて知らされました。五十一歳で中尊寺で剃髪、その日六十三歳。私はその日四十七歳。当時会社の発行する

「広告」の編集長。有給休暇を申請しての日帰りの京都行でした。

私は以前から京都にはよく出かけていました。とりわけ桜の時期は京都中の桜を巡ろうと毎年行っていました。しかし、先生命名の「あんず句会」の選者・講師をお引き受けして以来、京都、いや畿内一帯と私の関係は一変しました。五十代からは寂庵の句座の仲間、及び結社の会員との「西国三十三観音巡礼吟行」も八年をかけて満行できました。フルタイムの仕事をもつ東京生まれ、関東育ちの私にこの月一度の京都行という歳月の積重ねがもたらしてくれた恵みは無限です。すべて寂聴先生のおかげです。嵯峨野僧伽建立の前の先生のある時のお話にびっくりしました。

「私はね。死ぬときはゼロが夢なの。寂庵を建ててやっとゼロに近づいていたのに、また気がつくと印税が入ってきて、とてもゼロには遠い。昔書いた小説も含めて、私の本はどれも死なないの。インドには僧伽、サンガという学びと修行の場があったの。私もそういう道場を創りたいのよ。徳島とか大原の奥とかいろいろ土地も見てきたけど、結局、この敷地の中に造ることにしたの。集まる方々からお金は一切いただきません。誰でも入れる場所。法話と写経と坐禅。そのお堂に坐れば、誰でも身と心が休まる。そんな僧伽、道場が嵯峨野にあったらいいでしょ。

そこで杏子さん、お願いがあるの。その僧伽で句会を開きたい。あなたお忙しいでしょうけれど、毎月一度ここまでいらしてよ。『あんず句会』という名前も考えてあるのよ。あなたの名前にちなんで。私ももちろん句会に参加します。ちゃんと会費は払います。私、昔から俳句が好きなのよ。徳島の姉はずっと短歌をつくってましたけどね。私は俳句が性に合う。原稿用紙の桝目の外にチョチョッと俳句を書いたりしてます。句会が始まれば毎月私も句をつくれるし……。

そうそう、吉屋信子さんの一周忌に、小さな赤い句集が配られたのよ。素敵な遺句集。私が死んだら、あなた、あんな句集をまとめてください。瀬戸内さんの机の引き出しに残されていた作品です、なんてね。ああ、たのしみだなあ。やろう、やろう」

先生の夢はどんどんとふくらみ、学びと祈りと安らぎの道場「嵯峨野僧伽」の構想は着々と実現に向かって進んでいる様子。ともかく、わたしは貯金がどんどん増えてしまうというこの女性作家の勢いにため息が出ました。どこからも、誰からの援助も寄附も求めず、受け付けず、筆一本で理想の道場の建設に着手しようという女性。しかし、正気に返って私は先生に申し上げていました。

「光栄なもったいないお話ですが、かけ出し俳人の私は、これからの十年の修行が課題です。俳句をしっかりつくりつづけるためには、月給が必要です。勤めはつづけます。共かせぎをしながら、納得のゆく自分の俳句の世界に到達できるものかどうか。ともかくやるつもりです。先生、関西には立派な俳人がおられます。男性だけでなく女性の方も。ご紹介しますのでぜひ」

「もちろん、関西の俳人方を私も存じ上げていますよ。でも、私はあなたに来てほしい。『あんず句会』、いい名前だと思うなぁ。嵯峨野僧伽の月例プログラムにその句会を加えたいのよ。どうぞ、お願いします」

山口青邨主宰の「夏草」の同人として、これまでも勉強会、吟行会、研究会などには積極的に参加してきていましたが、私自身が選者、指導者として句会に身を置いたことはただの一度もありません。しかし、十六歳も年長の大先輩のお言葉。「検討させてください」と申し上げ、会社に戻って関係者に報告、相談。

岡田俊男常務が「そりゃ君、ぜひお引き受けして、瀬戸内先生のご期待に沿うよう努力してみることだね。ありがたいことじゃないか」と。

引き受けた以上は不注意から風邪を引いたり、走り廻って転んだりしないで、有給休暇はすべて「あんず句会」にリザーブと決めました。

ところで、私は突然に寂聴先生とご縁をいただいたわけではありません。

いまも皆さんからよくたずねられます。「寂聴先生とどのようにしてお知り合いになられたのですか。羨ましいです」と。

先生とお目にかかり、親しくお話させていただくようになったそのきっかけは、一通の手紙でした。

じつは私は東京女子大で心理学科を卒業となっていますが、いわゆる安保世代。デモなどにあけくれて、学問・勉強はさっぱりでした。当時学長は東大名誉教授の高木貞二《さだじ》先生。日本でも心理学に人気と関心が高まってきていました。指導教授でいらした白井常《つね》先生は東京女子大を卒業後、カナダのトロント大学に留学され、発達心理学の専門家として大活躍。在学中の私は学生セツルメントのメンバーとして、夏休みを三井三池炭鉱の第一組合の炭鉱住宅に住みこみ、子どもたちを支援するなどと称して九州で過ごしていたような落ちこぼれの学生。しかし、会社員となってからは、仕事をもつ女性として白井先生と旅行をしたり、ご自宅にうかがったり、友人のように平等に扱っていただいておりました。

ある日、白井先生がおっしゃったのです。

「瀬戸内晴美さん、いまは寂聴さんとなられた方ね、あの方をあなたどう思われますか。私はご存知のように、古典も現代も小説や文学界の動向についてまったく分からない人間。学内でね、何人かの同窓の先生方があの方に批判的なの。個人的には私はあの方の生き方もいいのではないかと感じているのですが、あなたのご意見をうかがいたいと思って……」

「わかりました。半月ほどお時間をください。瀬戸内晴美、いえ寂聴レポートをお届けします」

卒論ともいえないレポートを白井先生のお情で通していただき、会社員として働いているのです。ご恩はお返ししたいと誓っていましたので、私は張り切ったのです。

得度前にテレビ朝日のモーニングショウのレギュラー出演者であつた瀬戸内晴美先生と、広告会社の社員として名刺を交してはいました。もちろん覚えておられるはずはありません。その晩手紙を書いて、東京中央郵便局に翌朝出かけてゆき、封筒に貼りめぐらしたとっておきの切手に東京中央郵便局の風景印を押してもらい、投函。

私はこの作家の『夏の終り』が好きでした。というより、この一冊しか読んでいなかったのです。オイルショックの年、街中からトイレットペーパーが消えるなどと騒がれた年の十一月十七日にこの方は中尊寺で剃髪。その写真は週刊誌その他で眼にしていたはずですが、それほどの関心は当時私にはありませんでした。ただ五十一歳というその人の年齢は女性の転機なのだろうという感じを受けてはいました。

「広告会社の博報堂で働いております。お時間のいただけますとき、三十分ほどお目にかからせていただきたく存じます。私は東京女子大の心理学科を卒業しましたが、勉強はまったくせず、デモなどにあけくれていました。樺美智子さんの一歳下です。名刺にはテレビ・ラジオ局プランナー職となっておりますが、このたび参上させていただきますことと仕事は一切無関係。面会は全く個人的なお願いです。近く私の方からお電話でご都合をうかがいます。よろしくお願い申し上げます」

六日ほど経ってお電話をかけました。

「はい、はい。お手紙読んでいますよ。ウィークデーでもいいのですか。そう、それならね、何日と何日。どちらも午後三時ごろに。それではお待ちします」

声が美しく若々しいこと。まったく気どらないこと。たちまちに話がまとまって、うかがう前から親しい気分につつまれてしまいました。

住所は調べてありましたが、たまたまそのころ、短歌の雑誌で対談をさせていただいた馬場あき子先生が、「お訪ねしたばかりよ」と寂庵への道順を手書きで教えてくださいました。その日、私は休暇をとり、早朝の新幹線に乗りました。南禅寺に行ったり、法然院に行ったりして三時すこし前に寂庵に着きました。呼鈴の向こうで、お手伝いの女性とおぼしき人が「黒田さんですね。たったいま庵主より電話がありまして、四時に戻りますと。もうすこしブラブラされて四時にどうぞ」と。

化野《あだしの》の念仏寺まで行って戻ると四時。門の前に立ったとき、タクシーが止まり「お待たせしちゃってごめんなさい。さあ、どうぞ」

寂聴尼登場。ご案内に従ってお座敷に。私より年輩の女性の先客がひとりおられました。国立劇場にお勤めの方で、桐竹紋十郎の資料提供などにかかわられた方のようです。黒塗りの大きな座卓にその人を上座に向かい合って座りました。先生は両者の横の席に。

「お仕事じゃなくて見えたのね。あなたのお話は離婚？　何でもおっしゃってね」

「いいえ、離婚は私考えておりません。じつは東京女子大の学内、教授会でしょう、先生の評判、あまりよくないそうです。批判的な同窓の教授もおられるようです。それで、本日、私が直接お目にかかって、私の心理学科の指導教授、女性です。彼女はどちらかといえば先生に好意的といいますか、共感派です。その白井常先生に、私の本日の会見の感想をお伝えしようとやってきたのです」

「あなたねえ、大体私を批判したり、叩いたりするのは同窓の女性。でも女子大の男の先生たちはみな私の支持者ですよ。大方の男性は私を理解してくれてます。しかし、あなたもおもしろい人ねえ。これで調査は済んだわね。じゃあ飲みましょう」

日本酒、ブランデーが運ばれ、きれいな小籠にとりどりの盃がいっぱい。「お好きなものをどうぞ」。私は呉須の濃い小ぶりの器を選びました。

「ダメ、ダメ、あなたはこれから伸びてゆくのよ。せめてこのくらい派手なものになさい」

緋牡丹が盃の内側に一輪咲きあふれ、外側には金がたっぷり刷かれている派手派手の器。

ああと気がつきました。そのころ、寂聴先生は毎日新聞に『まどう』という連載小説を執筆中。不倫、家出、離婚、出家などの願望をもつ女性、とくに主婦たちの生態を、投書などをも生かしつつ、リアルにビビッドに書き継いでおられたのでした。私の突然の訪問もそのような読者の登場と思われていたようでした。

「ありがとうございました。これで面接調査終了です。失礼させていただきます」と立ち上がろうとしますと、見事なお料理が運ばれてきます。先生にお酌をしていただいて、あまりの美しさ、おいしさに私は座り直していました。いつしかとっぷりと暮れ、ようやく客人二人は立ち上りました。タクシーも招んでくださって「お金はいいのよ」と門の前で手を振ってお見送りくださったのです。車が走り出すや国立劇場の女性が「あなた、どういう人なの。今日はじめて寂庵に来たんでしょ。私、十回以上来てるけど、きつねうどんばかりだったわ。今日のごちそう、熊彦から運ばせてたのよ。大変なものよ」

「申し訳ありません。三十分で失礼する予定だったのですが。でも寂聴さんていい方ですね。はじめてやってきたチンピラの私に何十年も前からの親友のように接してくださって。対座しているだけで胸が拡がってきます。不思議ですね。大人物ですね」

「私、必ずしもそうは思わないわ。世の中に大人物は多いですからね」

次の週の中ごろ、職場に寂聴先生からお電話。とりついだ女性が「スゴーイ」と。

「杏子さん。あなたねえ、インドに行きませんか。案内人は講談社の芳賀明夫さん。観光ツアーなんかじゃないの。横尾忠則父子もご一緒。私は二度目ですけど、きっと、あなたのこれからの人生にとって悪くはない旅。年末年始を使いますからね。お勤めの人にもいいでしょ。乾期の南インド、おすすめよ」

通称「芳賀ツアー」メンバーが成田で集合した日。大きなザックを嬉しそうに背負って、尼さんはジーパンにまっさらな運動靴。団長としてひとりひとりに「瀬戸内です。よろしく」と。見送りに来た私の夫が「女子大生だね」と。

この「芳賀ツアー」は私の人生観、自然観を一新させてくれました。

一度しか生きられないこの世。思いっきり自由に自在に、自分をごまかさず行こうと腹をくくることができました。人に認められる必要なんて全くない。月給をもらって働く仕事とは別に、私の人生をまるごと俳句で貫こう、という勇気と決心が全身に授けられたからです。

この旅行中、個室がとれないときは私はいつも寂聴先生と同室。第一日目の国内列車のコンパートメントでのこと。故勅使河原霞さんから贈られたという特別な器具でお湯を沸かし、ご持参のお茶碗に　服点ててくださいます。正座して私の眼をみつめ、おっしゃったことを忘れません。

「覚えておいてください。私は生涯にわたって個人、私自身の幸福は求めない人間だということを」

「わかりました」

厚く切ってすすめてくださった、虎屋の羊羹、「夜の梅」の甘さが重く感じられましたが、実のところはこの寂聴先生のお話の真意はよく理解できていませんでした。

ところでこの旅の日々、ほとほと感心したこと。この小説家にして尼僧となった中年の女性は、ただの一度たりと自分の荷物を人に持たせようなどと考えません。夜は夜で、インドという国にはじめてやってきて、カルチャー・ショックのために不眠になったり、全身がくたびれ切って弱ってしまったグループの若いメンバーひとりひとりに絶妙の指圧を施してあげる。さすがに五人目くらいでご自分も睡魔に襲われ、厚い絨毯の上にころんと横になってしまわれ、クークーと寝入られる。しかし四十分もするとパッと起き上がり、「やだあ、みんなまだ話し合ってたの。あらたいへん、原稿書かなきゃ」と自室に引き上げてゆかれる。

ある町の大きなイギリス調のホテルでは、また同室になりました。

「私はこれから五十枚書きます。あなたははじめてのインドだから、カーリ・ガート寺院とか、バザールとかカルカッタのカルカッタらしいところをじっくりよく見てらっしゃい。私はボーイがきても返答しません。あなた、晩ごはんの前に戻られたら、『瀬戸内さん！』と叫んで、必ずドアを三回大きく叩いてよ。そうしたら私、必ずドア開けます。いいわね。子どもたちにあげる小銭を用意してゆくのよ。じゃあね」

マホガニーの大きなドアが閉められ、私は街に。寺院の境内には蛇使いがいたり、神像に小羊の生首が供えてあったり。しかし、私はここインドで生まれていたのではないかと思うほど異和感もなく、ひとりでリラックスしてぶらぶら歩いていました。

「ワンルピー、ワンルピー」と子どもたちが私をとり囲みました。垢まみれのどの子も崇高、気高い面立ち。突然私が大声で「ワンルピー、プリーズ」と手を出しますと、子どもたちはビクリとして後ずさり。中の一人が嬉しそうに、私の手に硬貨を乗せてきたのです。泣きたいほど愉しくなって、私は一人一人に持っているだけの小銭を配りました。

ホテルに戻ると、まだ日が高いので、テラスでラッシーを注文、俳句のまとめにかかります。インドではどんどん句がつくれる。そののち、部屋の前に立って、「瀬戸内先生、ただいま！」と叫んで三度大きくドアを叩きます。

「終わったわ、やったあ」という声とともに、ドアが開かれました。このときです、私は剃髪した女人の頭から、文字どおり湯気が立っている光景をまのあたりにしたのです。

それは絶景でした。ほのぼのと湧きあがる湯気のま下に、まん丸い人間の笑顔があるのでですから。

「書き上げたわよ。五十枚。やりました。カーリ・ガート寺院おもしろかったでしょ」

「子どもたちにワンルピー恵まれました。神様みたいな子どもに」

「あなたってそういう人なのよ。子どもみたいな日本のお姉さんにインドの子ども乞食もびっくりね。不思議な女よ。あなたはね」

床に散らばっている原稿用紙を拾いながら、先生はずっと笑っておられます。「そうそう、あなたに言っておくことがあったわ。野上弥生子さんが私に、『あなた私のことを先生と呼ばないでいいのよ』って。『私がいない場所で、どうしても私を先生と呼びたいなら別ですけどね』、とおっしゃった。杏子さん、あなたも私を先生と呼ぶことないわよ」

そののち、このインド行の作品も収められたささやかな第一句集『木の椅子』に、なぜか現代俳句女流賞と俳人協会新人賞が降ってきました。会社でも私が俳句をつくっていることなど全く誰も知りません。毎日新聞の編集委員四方洋《しかたよう》さんが訪ねてこられ、ロビー脇の会議室でインタビューを受けました。このとき同席されたのが広報室の中君、つまり逢坂剛さんであったことを妙によく記憶しています。

「俳句をつくるキャリア・ウーマン」というタイトルで、その記事が写真入りで「顔」

欄に載るや、すぐおふたりの方から電話がありました。

「永六輔です。あなたと同じ名前の人が俳人として賞をもらったようだけど、あなたじゃないよね。あなたが俳句をつくるとは思えない」

「瀬戸内です。どうして黙ってたのよ。水くさいじゃない。インドの句も入ってるんでしょ。あれだけ毎日一緒に旅していて、あなた俳句のハの字も言わなかった。恐るべき人ね」

この日以来、かけ出し俳人となった私は男女各一名、合わせて二名の強力すぎる応援団に守られて今日に至っています。永さんはラジオで、寂聴先生はエッセイなどに。おふたりの話芸と文章力により、私はその実力の百倍ほども知名度が上がってしまったことを世間の方々に申し訳なく思いつつ今日に至っています。

この辺で寂聴先生の俳句をご紹介しましょう。


かきくわりんくりからすうりさがひとり　寂聴

この句、二十数年も前にＮＨＫハイビジョンの番組で画面に大きく出たのですが、書き取っていまも愛唱しているという女性が何人もいます。

つぎの句は二十年間、住職をつとめられた岩手県浄法寺町天台寺での作品。

御山《おんやま》のひとりに深き花の闇　寂聴

中尊寺より歴史のあるみちのくの古刹。山毛欅《ぶな》や桂の原生林のてっぺんにあるこの寺院は土地の人々から「御山」とよばれ、出征する若者たちの生還を祈って、家族でお参りをしたそうです。冬期間を除き二十年間、毎月のはじめの五日間ほどを京都から通いつづけ、十二軒きりの檀家のこの寺を信じられないほどの寺院に再生された異能の人の句。山上の小さな庫裏に夜はたった一人。「ＦＡＸがあればどこでも私は独りが最高」と大法話集会をつづけ、源氏の現代語訳も完成させたのでした。まこと、あの山の花の闇はすさまじい。鬼と化した尼僧を包むにふさわしい闇です。

寂聴先生の初期の小説『夏の終り』が金無垢の私小説であるように、その俳句作品も私俳句であり、世にいう文人俳句という分類にははまらないと私には思えるのです。

さて、手紙のことに戻りましょう。

私の母、齊藤節は九十五歳の大往生をとげております。俳句も短歌もつくっておりましたが、その母が寂聴先生にしばしば手紙を差し上げていたということを、私は彼女の死後はじめて知りました。母の告別式に先生から格別立派な葬花がとどき、その名札を見て、田舎の人々は驚きました。神道なので、五十日祭を長兄が修し、先生にもごあいさつ状が届いたのだと思います。速達の茶封筒が私あてに届き、「お母様のお手紙です。あなたにとって大切なお形身と思い、お送りします」とむらさきのリボンをかけた二通の和紙の封筒にカードが添えられていました。

身の上相談を含め、日本中の人々、いや在外日本人からも連日郵便物のとどく先生です。どうして栃木県の片田舎に住む老女の手紙を保存しておいてくださったのでしょうか。

手紙の保存といえば、徳島の「書道文学博物館」で「寂聴手紙展」という企画展がありました。名だたる作家や画家・編集者から寂聴先生が受けとられた貴重な封書や葉書・カードが壁面を埋めていました。図録が送られてきて、私の差し上げた絵はがきも一葉展示されることを知り、松山放送局に行った帰りに徳島に廻って拝見しました。その葉書の図柄、一句だけを記した私のサインペンの文字。切手の位置とその色彩。われながらよくできていました。これまでに何通も私は先生に各地からお届けしているはずですが、その中のおそらくいちばん上りのよいものをピックアップされ、保存され、この展示品の中に加えてくださったのだと思うと、ありがたくて、申し訳なく思いました。その壁面の前で館員の女性が写真を撮ってくれました。

さらに歳月が流れ、また驚くべきことが起こりました。栃木県の宇都宮市に住む私の妹、半田里子が、きょうだいの中で、誰よりも熱心に時間と情熱をかけて、両親の没後、終の棲家となった家の整理、片づけに力を傾けてくれました。

ある日のことです。電話で、

「お母さんあての手紙の箱の中に、お姉ちゃん、驚かないで。寂聴先生の封書のお手紙が一通ありました。大切にうちに持って来ましたので、こんどお目にかけます」

大げさでなく、私は身体中の血液が逆流するような気分になって、目が回りそうでした。先生からお届けいただいたリボンをかけられた亡母の手紙に哭き、こんどは亡母あての寂聴先生の封書の存在を知らされ、その晩はいつまでも眠れませんでした。

妹から手渡された封書。それは手すき和紙の便箋に墨筆。消印は京都西。「96・1・25 8―12時」。裏面には寂庵にて瀬戸内寂聴と。和紙の便箋には茶色のタテ罫。黒インクの万年筆で書かれています。

拝啓

お寒い日がつづきますがお変わりございませんか。先日は御丁寧なお手紙と結構な美酒を御恵贈いただき誠に有難うございました。

杏子さんの現在のご成功は一重に御本人の天性の才能と並々ならぬ御努力と強運の賜物だと存じます。私のお手伝いなどはしれておりまして、その成功を目の当りにとっくり御覧遊ばされた御母堂様の御幸運を心よりお慶び申上げます。私など両親に心配をかけたまま死なせてしまい、今更のように悔やまれますが、これも自分の宿命かとあきらめております。杏子さんはもう大丈夫ですよ。「藍生」の成功は誰にでも出来る業ではありません。必ず世界的にも活躍なさる日本の代表的俳人として大成されることでしょう。

どうかそれまでもお目になさいます様、いっそうのご自愛を祈りあげます。

遅くなりましたがお礼を申し上げます。　かしこ

一九九六年一月二十四日

瀬戸内寂聴拝

齊藤節様　玉案下

さて、一九九六年はと考えて、気が付きました。前年一九九五（平成七）年、私は第三句集『一木一草』で俳人協会賞をいただいています。第二句集『水の扉』は一九八三（昭和五十八）年に出ていますので、二つの句集の間に十二年もの歳月が流れています。寂聴

先生にしばしば言われていました。

「早く句集を出しなさい。あなた、俳人でしょ。世間に忘れられてしまうわよ」

「忘れてもらいたいです」

「変な度胸。そんな意地は通用しないのよ。作家は書きつづけ、走りつづけ、発表しつづけなくては」

どなたに何と忠告されようと、私は十年間はただ黙って句をつくりつづけ、十年ののちに厳選した作品集を世に問えばよいと腹を決めていたのです。十年余の作品を五百句にしぼりこんでゆくとき、私は愉悦感に満たされていました。人に認められようという気持ちは全くといっていいほどなくて、ただ自分に恥じない、言い訳しないでいい作品を。自分がその句集に対して不満が残るようになることだけは絶対したくないと考えていたのです。

強情で頑固な私の歩みをずっと見守ってくださっておられた寂聴先生。先生からこんなもったいないお手紙をいただいていたことなど、生前ただの一度も私は母から聞いておりませんでした。

そののちまた長い年月が流れ、私は第一回の桂信子賞をいただきました。贈賞式の行われる伊丹の柿衛《かきもり》文庫に立派なスタンド花とお祝のメッセージが届きました。

「お母様がご存命でいらしたなら……」という一節が読み上げられたとき、母にいただいていた先生のお手紙の文字がありありと目に浮かんできて、泣きそうになって困りました。

ところで長命を保たれた銀座「卯波」の女将、鈴木真砂女さんの人生を『いのち華やぐ』という日経新聞の連載小説に書かれていた先生は、真砂女さんの蛇笏賞受賞のお祝いの席にパリからかけつけられました。中座して私を伴い、会場の東京会館を出るやいなや、「どんなに俳壇で大きな賞か知りませんが、あなたが真砂女さんの年になるまで私は生きてられませんからね」とご立腹。そのおかげか、昨年、第五句集『日光月光』が蛇笏賞と決まるや、お電話。

「おめでとう。私は地獄耳です。私が生きてるうちにもらってくれてありがとう。でもね。杏子さん、あなたいま生きていたから、この賞をいただけたのよ。いくらいい句集であっても、もしもいま、あなたに命がなかったらいただけない。このことに深く感謝してくださいね。受賞式にはお花贈ります。値段はどんなに高くてもいい。立派なのにしてよ、請求書はこちらに送ってね。でもあなた、よかった。おめでとう。ありがとう」

振り返ってみますと、私は寂聴先生にお目にかかって以来、ずーっとお励ましをいただいてきたことになります。

二〇一二年四月八日（日）、私は二十年前に寂庵「あんず句会」を基点に、スタートしました「西国三十三観音巡拝吟行」を皮切りに、「四国八十八ヶ所札所遍路吟行」、「坂東三十三観音巡拝吟行」をそれぞれ満行。さらに「日本百観音」を志し、ついにこの日、仲間と共に「秩父三十四観音巡拝吟行」の満行を迎えていました。

いわゆる「西国四国坂東秩父」。つまり、四国八十八ヶ所と日本百観音の巡拝吟行の結願を迎えることができたのでした。

その前夜、私たちは秩父の農園ホテルで満行を祝う前夜祭を開催しました。その折に、寂聴先生からいただいた豪華なスタンドの祝花に添えられたお祝いには、次のようなメッセージが添えられていました。

杏子さん、おめでとう。

すごいことですよ。「継続は力なり」と言いますが、あなたが先頭に立って、五十代のはじめから「藍生」の仲間をひき連れ、ついに「日本百観音」プラス「四国八十八ヶ所」を巡拝吟行。その長年の「行」が見事結願となったこと、心からお祝い申し上げます。

「あんず句会」発足のとき、六十三歳だった私も、この五月十五日に九十歳。

「西國四國坂東秩父」満行の庶民の石柱は江戸時代以来あちこちの札所の寺に奉納されています。しかし、あなた方がすばらしいのは、毎回、現地で必ず句会をされ、参加者全員が俳句作品をのこしてこられたことです。

句菩薩杏子さんと連衆の皆さんに大きな拍手を送ります。そして本日、はるか嵯峨野僧伽寂庵より結願の秩父へ祝福のお花をお贈りします。

皆さん、本当に本当におめでとうございます。

二〇一二年四月七日

瀬戸内寂聴

八月　盆の月を仰いで　山本けんゐち岩木山山麓の病室より

青森は今日も雪が降っています。「藍生」の一月号と去年二〇一一年の十一月号に私の俳句がありませんでした。

私は毎月必ず俳句を投句していますので、私の見落しでなければいいのですが。二冊の号に私の俳句がありませんでした。よろしくお願いいたします。

これは青森県に住む「藍生」の会員、山本けんゐちさんからの葉書。毎月の投句は雑誌の巻末に添附してある専用のはがきを使用することになっています。

山本さんの作品を私が一句も採れなくて、没《ボツ》になるということはあり得ません。何らかの郵便事情で「藍生」事務所に届かなかったのだと思います。つまり事故です。

とりあえず、事務局から投句葉書を二枚送ってもらい、再投句してほしいとの返信を送りました。二十年余りの「藍生」の歴史の中ではじめてのことでした。それもよりによって山本けんゐちさんの投句の紛失です。

山本けんゐちさんがどういう人であるか、「藍生」十五周年記念号（二〇〇五年十一月刊）に載ったご本人の文章をお読みいただきます。

山本けんゐち（青森県）

私は筋ジストロフィー症で入院して、はや40年になります。自分では歩く事もできず、普段は電動車椅子に乗っています。このごろ、無性にパソコンをやりたいと思うようになりました。親友が楽しそうにやっているのを見ると、アナログ人間の私でも心を動かされるようになりました。歴史の好きな私は、インターネットで調べたい事ばかりです。五十代半ばの今、病気と戦いながら、これからも生きて行こうと思っています。


そして、眼鏡をかけた元気そうな顔写真の下に、プロフィール。

「一九五〇年、青森県生れ。病院に入院して友達に誘われ俳句を始める。杏子先生に『俳句とエッセイ』（廃刊）で、巻頭に選ばれて以来、師と仰ぐ」

つぎに、この五年後に刊行の「藍生」二十周年記念号の山本けんゐちさんの文章と作品。

春を待つ故郷《ふるさと》の母思ひつつ
どこまでが昭和の記憶夏の空
行秋や遠のく雲を見続けて
凍蝶の少し動いてそのままに
湖の近くにありぬ冬木宿

私は今年、還暦を迎えますが、俳句を始めて三十数年になります。初めて投句した雑誌は「俳句とエッセイ」（今はありません）で、そのときの選者が黒田杏子先生でした。初めはまったくの素人で、指を折って俳句をつくっていました。俳句の先生を探して教えを受けて、少しずつ俳句らしくなっていきました。そしてずっと俳句作りに邁進しています。

一九五〇年生まれの山本けんゐちさんは一九三八年生まれの私の一回り下の寅歳です。さきほどの記念号の中にくりかえし出てきた「俳句とエッセイ」は、牧羊社という出版社から出ていたいわゆる俳句総合誌でした。
私の第一句集『木の椅子』もこの牧羊社の女性作家シリーズの一冊として出ました。当時、私は広告会社博報堂の社員でしたが、会社では自分が俳句に打ち込んでいることなど一切誰にも話していませんでした。第一句集が出たとき四十代のはじめでしたが、現代俳句女流賞と俳人協会新人賞を同時に受賞したので、牧羊社の川島寿美子社長が「俳句とエッセイ」誌の読者投稿欄に「牧鮮集」という新人・若人向きの選句欄を急きょ創設、その選者に私を起用されたのでした。「牧羊集」というもともとあった投稿欄の選者は、名前と実績を備えた有力結社の主宰者クラスの俳人が担当しておられました。

その私の選句欄「牧鮮集」のスタートは、昭和五十九年の八月号。その第一回の選句欄の巻頭を占めたのが山本けんゐちさんでした。一人が五句投句できる専用の用紙に作品を書いていただくのですが、巻頭の山本さんの作品はいまもよく覚えています。

粕汁や雪野の沖に怙恃《こじ》の村
幽境のすでに日暮し雪帽子
集落やどこか明るき牡丹雪
吹雪く夜の個室病室人の黙《もだ》

巻頭作品の四句のうち、粕汁やの句を私は選評しました。これまで自分の作品を山口青邨先生の「夏草」に投句するという生活を続けてきた私が、いきなり未知の投句者、それも日本列島の各地に住んでいる比較的若い俳句作者の作品をつぶさに読み、選句をして、何人かの作品には選評と鑑賞を書くということになったのですから、真剣にならざるを得ません。山本さんの住所が青森県浪岡町の国立療養所　岩木病院第一病棟と記されていたことも、私の心に深く刻まれた要因のひとつだったと思います。

かけだしの俳句選者となった私は、この作者がどういう病状なのかというようなことはわかりませんでしたが、ふるさとを遠くはなれ、長らく病院暮らしをしている人なのであろうということを了解、以後この人の投句に注目と関心を深めてゆきました。

この人の投句はとぎれることなくほぼ毎月届きました。以下にその作品を掲げましょう。

春雪の窓の内なる重患者　（昭和五十九年九月）
春の雪われの伝記に降りこんで
春雪や窓の下ゆく女学生
柔らかに顔洗ふ水温みたり

座右の銘愛と答へて夏瘦す　（同年十一月）

秋風や町を見てゐる漢神《おとこかみ》
ネーブルを剝くずつしりと今日終る

妹《いも》の手のふしぎな温み春の宵　（昭和六十年一月）
土用すぎキャッチボールは隅愛す

恋愛の悪もみぢ山仰ぎつつ　（同年二月）
初紅葉軒に吊るされ恋衣《こいごろも》
看護婦の二の腕白し秋の雨

まつすぐに生きて椋鳥《むくどり》聞きゐたり　（同年三月）
病室の味噌汁甘し秋の暮
饅頭焼く人のうしろの四十雀

看護婦の一語一語や冬近し　（同年四月）
けんちん汁どこかに友の国訛

小春凪個室に殖ゆるデスクペン

くちずさむ貝殻節《かいがらぶし》や老の冬（同年五月）

鱈汁や百戸の村の雨の音

雪降り積む男の唇《くち》を鎮《しず》めつつ

拝啓と書いてしばらく春の月（同年七月）

龍馬より命ながらへ春時雨

黙すとき日永の影も鬚も伸ぶ（同年八月）

南部いま神の跫音《あおと》の野火赤き

春風や骨の色して雲一つ

金雀枝《えにしだ》や人の子抱きしあと寂《さび》し（同年九月）

世の外に老いて病者の初袷

看護婦に軽く負はれて更衣

分校の壊れしまゝに甜瓜《まくわうり》　（同年十月）
帰省の夜葛饅頭が皿の上
純血を淡しと思ふ濃紫陽花《こあじさい》

夕涼みいつもの位置に老詩人　（同年十一月）
蚊遣香病室夕餉の汁ゝかず

秋時雨手作りの菓子手にくづれ　（昭和六十一年一月）
我古りぬ硬き林檎を齧りつつ

一徹な父の声して冬ざるる　（同年三月）
秋の蝶海に休みてまた飛びて

やさしさは我が身の余り雪が降る　（同年四月）
看護婦を思ひやるべし寒灯下

父の箸使へば吹雪く村が見ゆ
下萌野《したもえの》よりゆつくりと放《はな》れ馬《うま》（同年七月）
鶯に風の裏声聞きゐたる
寒雪や眼《まなこ》のごとく小窓あり
霰餅《あられもち》ひねもす海を見て飽かず

ときどき欠詠はありましたが、こうしておよそ二年間にこの人の作品は着々と活字になってゆきました。

私は会ったことのないこの投句者の作品に学ぶところが多く、励ましのようなものもその作品から与えられていました。「俳句とエッセイ」の投句はすべて手書き。ですから、すぐれた作品はその作者の筆蹟とともにいまも私のまぶたの裏に棲みついていて、目をつむれば、その句が作者の手書き文字とともに浮かび上がってきます。

それはある夏の暑い日のことでした。

仕事が立てこんで、真夜中近くに帰宅。郵便物をチェックしてゆきますと、茶封筒に差出人山本けんゐちと記されたものがありました。

その中身はいろいろ。詩や短歌・俳句などを作品集のようにまとめた手作りの冊子。寺山修司が好きなのでと、好さな寺山作品を書き抜いてまとめたもの。新聞の切り抜きのようなもの。そして便箋に手書きの文面。

「私は難病患者で、そう長く生きることは出来ない。同じ病気の先輩の人達は何人もこの病気で亡くなって、この世を発っていっている。いつか自分も同じように死んでゆくことは分っている。そんな自分にとって、俳句が何の役に立つのか。どういう風に俳句と向き合ってゆけばよいのか教えてほしい。希望の無い人間にとって、俳句は何なのか。ともかく、毎日を送るのが精一杯である」

以上のような内容が便箋に叩きつけるように書いてありました。

いまから三十年近い昔。私も若かったのです。汗まみれで夜中近くに帰宅、あすはまた、会社でいろいろと仕事の予定があります。

いら立ちと腹立ちと情なさと空しさ。しかし、ともかく私は返事を書くことにしました。

あなたの苦しさを助けてさし上げる力が私にはありません。ただ、あなたと私は〈俳句〉の縁で結ばれているのです。

あなたに私が申し上げられることは次のことです。ともかく、俳句をつくりつづけることで、苦境を突破してください。

昔、インドで、大道芸人の父子がホテルの門の前であけ方に大道芸の練習をしている現場を見ました。

燃えさかる火の輪をかざした父親のかけ声に合わせて、九歳位の男の子がその輪をくぐり抜けるのです。はじめはこわがってずっと泣いていた男の子が、いつかにこにこと笑って火の輪をくぐり抜けていました。練習しかありません。あなたもベッドの上から自力で移動することはできなくとも、俳句は詠めるのです。俳句を自分の手で書けるのです。その句を声に出して読み上げられるのです。

私が申し上げるのは僭越かも知れませんが、あなたより大変な方、辛い方、苦しい人がこの世の中に大勢おられます。句友として、あなたに私が申し上げられることは次のことです。それではどうぞよろしく。

☆ともかく一日五句をつくりましょう。
☆一か月に百句をまとめましょう。

以上のことを、向こう一年間続けてみることです。俳句は「やるか・やらないか」しかありません。

それではお元気で。失礼いたします。

たしか便箋ではなく、私は四百字詰の原稿用紙に大きな文字で書き、封筒に入れて、速達の切手を貼りました。

あのとき、私は落ちついていませんでした。こういう手紙にどう答えたらよいのか分からず、かといって、返事を出さないでいては余計に気が重い。ともかく翌朝、手紙を投函してもその気の重さは消えませんでした。しかし、申し訳ないことに私は仕事に追われ、会社の仕事と自分の作品世界をどう構築していくべきかということで壁につき当たることが多く、山本さんへの手紙のことはいつかすっかり忘れ果ててしまっていました。

ある日、また山本さんからの暑中見舞の官製はがきが届き、こんどは私が飛び上がってしまいました。文面はつぎの通りですが、とても落ちついた筆蹟でさわやかにレイアウトされた一葉。読み手の心を和ませるようです。

暑中お見舞申上げます。

先生のご健勝を心からお祈り申し上げております。私も長期入院の身ながら先生のご指示してくださった一か月百句を守り、一日五句を作っております。
今後ともご指導を賜りたく、まずは暑中お伺いかたがた謹んでお願い申し上げます。
青森県浪岡町国立療養所　岩木病院第一病棟　山本けんゐち

たしかこの葉書は七月の下旬に届きました。「俳句とエッセイ」牧鮮集の投句用紙にはいつも、本名＝山本健一　年齢＝三十五歳　職業＝無職と記されています。三十代半ばの男性が無職。惜しいことです。しかし、俳句の投句者で壮年、働きざかりの年代の男性が無職と記してあれば、病者であるということがいつか私にも分かるようになってきていました。

「先生のご指示してくださった一か月百句を守り、一日五句を作っております」

一日、五句、これをたまに実行するならだれでもできるのです。一日五句を守り……ということは毎日続けているということです。月百句を守り……ですが、これを持続するということ、それは大変な決意と努力とがなければできません。

山本けんゐちさんの俳句には、澄んだまなざしの奥に独特のある明るさがあります。それが魅力だと思ってきたのですが、その作品の背後に、恐るべき粘り強い俳人魂があったことをあらためて知らされることとなりました。

つぎに昭和六十一年十月号に投句されてきたこの人の作品五句を、たまたま私はノートに写し取ってありました。

けふ立夏《りつか》電話の声の歯切れよく
車椅子漕げやたんぽぽの黄の限り
見おぼえの梅大景の中にあり
麦稈帽《むぎわらぼう》離れゆくほどうひうひし
黒百合の咲きゐて妖し石仏

どれも実感のこもった、そしてよく目と心の働いたのびやかな句風だと思います。ともかくベッドの上に限定された闘病生活をつづけながら、私の提案を守って、一日五句、月百句を継続してこられたのです。

第一回の投句作品からおよそ二年間の作品を先にごらんいただきましたが、月を重ね、年を重ねるごとに山本作品がやさしく、柔らかく、大きくなってきていることに気づかれると思います。

そののち、また山本さんから届いたお手紙で、ふるさとは同じ青森県でも病院からは遠くはなれた下北半島であること。病院を出て帰省できるのはお正月とお盆のときだけであること。お迎えにこられるのは父上で、病院から乗り物まで父上に背負われてゆくのだということなどが分かりました。

一方、師山口青邨没後、「夏草」は終刊となり、運営委員会、同人会の方針で何人かの同人が新しい「結社」を興す方針が打ち出されました。一九九〇（平成二）年に私は「藍生」を創刊、主宰となりました。「俳句とエッセイ」牧鮮集で活躍していた若手作家たちが参加してくれました。山本けんゐちさんは愛媛の夏井いつきさんと相談して入会。名古屋の三島広志さんその他の俊英俳人が牧鮮集のご縁で結集しました。

その創刊号に山本けんゐち作品は巻頭の次、二席に四句入選、掲載されています。

六月やかろがろと漕ぐ車椅子
五月雨や川少しづつ広がりぬ
花あやめ渇きしづかに引きてゆき
蒼穹に草矢飛ばして人に逢ふ

この創刊号で私は、山本さんのこの六月やの句について選評と鑑賞欄でつぎのように書いています。

この作者にお目にかかったことはありませんが、作品の上で長年親しくその闘病の身の上を拝察しております。車椅子で戸外に出た日、介護してくださる人たちに守られて身も心もかろがろとすすむ。みちのく岩木山山麓の山河もすっかり夏景色となったその一日。

平成二十四年秋、「藍生」も創刊二十二周年を迎えました。一度もお目にかかったことはないのですが、毎月の投句作品というお便りを介して山本けんゐちさんは私の大切な友人、句友です。最近の作品も挙げてみましょう。

旅人の長き話を夜の雪　（平成二十三年五月）
冬の島浜辺に人のにぎやかに
城下町冬の夕べとなりにけり

さらに平成二十四年の二月号には次の三句。

秋灯机上にありし文庫本
諦めも思ひ出になる秋深し
コスモスを見つめて悩み忘れけり

還暦を過ぎた山本さん。「諦めも思ひ出になる」と書いて「秋深し」。また、「コスモスを見つめて」、ここがいいと思うのです。やはり深い悩みをずっと抱いている人なればこその句ですが、見つめて忘れると言い切ったところにこの人の俳歴と精進が凝縮していると感じます。

ところで、私は山本さんの入院しておられる岩木病院の近くまでは何度も足を運んでいるのですが、お見舞いに上がったことは一度もありません。つまり、作品を通して長年逢っているだけで、実際にお目にかかったことはないのです。青森県はくまなく辿っています。津軽富士、つまり岩木山にも登っています。弘前城の桜も何度も訪ねています。林檎の花のひらく時期に岩木山の山麓を巡ったこともあるのです。それなのに、病院にうかがう勇気がありません。ごくごく近くまでひとりで出かけてゆきながら、お訪ねせずに戻ってきてしまったことも一度や二度ではありません。

その代り、「藍生」のメンバーは「藍生」の編集長の藤井正幸さんをはじめ、岩手の藍生のメンバー（女性たち）が大勢でお訪ねしています。藤井さんは、山本けんゐちさんが「藍生賞」を受けてくださったそのときに、賞状その他を携えて病室にもうかがい、「私よりお元気なのでおどろきました」と報告してくれました。

ところで私は毎年、秋も深まるころ、山本けんゐちさんから実においしい林檎を一箱お届けいただいては歳月を重ねました。何年も前のことですが、差出人山本けんゐちとあるその大きな箱が届いたとき、びっくりしてというより恐縮してしまいました。

「どうぞお心づかいはありがたいのですが、つぎからはご放念ください」というような手紙を添えて、私からは北国ではとれない柑橘の詰め合わせを一箱お送りしました。

山本さんからすぐに手紙がとどきました。

ありがたくみかんなどいただいております。先生、ご心配なさらないでください。私は自力でベッドを離れることはできないのですが、頭と両手は働かせることができます。某社の児童・学年雑誌の附録などの製作その他、仕事はいろいろとたっぷりあるのです。ですからここにいても、私に収入はあるのです。但し、自分で働いたお金を使うことができないのです。先生、私の林檎は私の収入でいくらでもお送りできるのです。ご心配なく安心して召上ってください。

実は私たちは夫婦ふたり暮らし。揃って林檎と人参のジュースが何より好きなのです。林檎はですから毎日消費します。何人もの句友が林檎を贈ってきてくださるのですが、わが家では、「山本けんゐち林檎」と称して特別大切にジュースにしていただいています。

話は変わりますが、私は子どものころから母の影響で俳句に親しみ、大学入学と同時に山口青邨先生のご指導を「白塔会」で受ける幸運に恵まれました。さまざまな表現形式を体験したりして、句作の道に立ち戻ったのは二十代の終わりに近づいたころ。

実質、三十歳からは勤めの場に身を置いて、句作一途に打ちこんできました。そんな私が十年の修行の作品を第一句集『木の椅子』にまとめました。四十代に入ってまもなく、私は俳人として世の中にひっぱり出され、さまざまなメディアの場で、俳句選者という仕事、選者という立場を与えられてきました。

牧鮮集の「俳句とエッセイ」誌の投句欄の選者となったそのご縁で、筋ジストロフィー患者の山本けんゐちさんに出合いました。

山本さんの俳句作品を毎月読み、選び、添削なども施して現在七十四歳。ひと回り下の山本さんは六十二歳。お目にかかったことは一度もありませんが、句友として、投句者と選者としての絆にはかなり年季が入っていますし、強固なものがあります。よく俳句の勉強法として「多作多捨」ということがいわれます。私もそのことを会員や勉強会のメンバーに伝え、自分もその実践を試みてきたつもりです。

山本けんゐちさんとの長い交流を通じて、その「多作多捨」の力を知らされています。ともかく、病者山本けんゐちさんは、遠い昔の私の手紙による提案「一日五句、月百句」をうまずたゆまず持続され、今日の俳人格を獲得されました。山本さんは自分の作品をじっくりと眺め、焦らずに自分の俳句作品とその句境を一歩一歩大切に育てて進んでこられているのです。

その変化・前進を支えたもの、それが一日五句という努力の積み重ねにあったこと。毎月百句に近い俳句が発表されずに捨てられているという、その事実の積み重ねにあったことを、私は山本けんゐちさんの手紙や葉書、俳句作品を実際に読みつづけることによって知り、教えられました。

たくさんの句をつくる過程で、その人のもっている底力が引き出されるのです。俳句をたくさんつくるということ、それは俳句をどしどし捨てるということにつながります。言うは易く、行うは難しです。たくさんつくってたくさん捨てる。この過程で本当の自分の心が見えてくるのです。

私は広告会社に定年まで席がありましたので、同僚をはじめ、マスコミ関係で働いている人、編集者など、どちらかといえば都会的な労働者に友人・知人が多いのですが、彼らの多くは雄弁で、論客が多い。しかし、ベッドから自力では動くことのできない筋ジストロフィー患者としての鉄人俳人山本けんゐちさんに比べますと、どうも彼らは能書きが多いだけで、実践力が圧倒的に不足しています。俳人は評論家である必要はありません。素朴に実直に句作を持続してゆく中で、俳句作品の側から自分自身の人生が見えてくるという事実も体験できることもありうるのではないでしょうか。

最後に私が山本さんから学んだこと。自分のつくった作品を捨てるためには、大変なエネルギーが要るということ。一句か二句しかつくらなければ捨てることなどできません。何句か真剣につくってみる。そこで私たちははじめて自分自身の心の形に最も近い俳句作品を選び出す機会を与えられるのです。そしていちばん自分の表現したかったものを残し、あとの作品を潔く捨て去ることができる。これが即ち、作者としての前進を支える。率直なところ、いまだ俳人として私には人に誇れるような作品も実績もありません。しかし、私には俳句のおかげでまことにすばらしい友人がいます。「句縁」という言葉さながらに、黄金の絆で結ばれた俳句の仲間が日本の各地にいます。山本さんを筆頭に句友はみな私の人生の師です。

九月　長き夜を遊びつくして　東京やなぎ句会の兄貴たち

永六輔さんは私より五歳年長。昭和八年生まれの酉歳ですから、天皇と同年です。いまから三十五年ほども昔、私は広告会社のテレビ・ラジオ局の企画部のプランナーで、永さんの担当者でした。当時、ＮＨＫの番組「テレビファ・ソラシド」に出演、アナウンサーの加賀美幸子さんほかの女性アナの教育に当たっておられたという印象がありました。そのころ、永さんはなぜか民放のテレビ宮崎の番組に定期的に出ておられ、「九州の仕事はよろこんでやります」と同僚の担当者に言っておられたようです。後で分かったのですが、福岡の病院に入院しておられた中村八大さんを見舞いたいということがあったようです。

テレビ宮崎で永さんは、三十分とか一時間の枠をまるごとプロデュース。自作自演で、東京のキー局では絶対に放映できない番組を愉しんでつくっておられました。男性の担当者とはなかなかうまくゆかない場合が多かったようですが、私はともかく、永六輔は天才だ、と尊敬していましたので、担当者となったことが嬉しくてなりませんでした。

　広告会社の番組担当者は、出演者である永さんがスタジオで大活躍している間、黙ってその一部始終をスタジオの片隅でじっと見守っているのが仕事です。あるとき「永六輔式旅行術」という番組で、どこに行くにも旅行鞄というものを持たない永さんの秘密が公開されました。Tシャツも下着も肌着も着替えを持たずに夕食後にホテルですべて自分で洗濯（手洗い）をします。コットン素材のものをひとつひとつ固く絞ります。完全に水切りができたら、乾いた大きなタオルにくるんで床に置き、部屋の机の上から垂直にその真上にとび降ります。全体重がかかったバスタオルの包みをすばやく拡げ、くるまれていた洗濯物をさっととり出して拡げます。脱水機の代りを永さんの体重がつとめたのです。不思議なことにとり出したTシャツも下着もそれぞれにほとんど乾いています。これをひろげて部屋に張ったロープや椅子の背などに干しておくと、翌朝にはサラサラに乾いています。「従って僕は着替えを持ちません。ただし、夕食後に部屋にお訪ねくださることはご遠慮ください。夜はホテルのパジャマか浴衣をひっかけて、下着類は一切着けておりませんから」と。そして事実、お酒を召し上がらない永さんは、部屋に籠もって常に三冊くらいの本を一晩で読んでしまわれるようでした。

　それで私も永さんに付いてゆく出張の折は、何冊も本を持ってゆくことにしました。力持ちで若かったので、ルイ・ヴィトンの大きなボストンバックを持ち歩いていました。ある日、お昼を食べたお店で、「何をそんなに持ち歩いているのですか」と永さんがそのバッグのファスナーを引っぱり開けました。ハードカバー、新書、文庫、歳時記などぎっしり。以来、私のことをしばらくの間、「歩く図書館」とおっしゃってました。

お世辞も言わず、へり下ることもしない勝手で無愛想な私を、「広告会社の社員じゃないね」とかおっしゃって、親切にしてくださいました。

「只貫法粉砕」「佐渡島独立運動」「六輔七転八倒講演会」。つぎつぎに集会の案内ハガキが届きます。あるときは「あなたの坐る座布団」のナンバーは前から三列目の○番です。空席はこの運動に支障をきたします。などの添書きがあって、何をさしおいても、出かけてゆくこととなり、すっかり「永六輔とその仲間」に組みこまれてしまいました。

小沢昭一さんと永さんが、往きの切符（航空券）だけをもらって、帰りの切符はその土地でのお客の反応と判定による「投げ銭講演会」という催しをメディアとかかわりないやり方で実施されていると聞き、どんなふうに行われるのか体験してみたいと「適当な場所をお知らせください。出かけてゆきます」と葉書を出しました。折り返しの葉書に「○月○日、大分市の大堀公園に午後一時にどうぞ」と。

休暇をとって出かけてゆきますと、地元の女性たち四十名ほどの輪の中にジーパンをはいて、野球帽をかぶった永さんが立っています。平和運動がこの集まりの柱のようで、さまざまなスローガンをかかげたおだやかなデモ。すべて女性。「あなたもどうぞ」と言われて三、四十分私も一緒に行進しました。最後に「本日はご苦労さまでした」と女性の年輩の方がごあいさつ。「永さん、またヨロシク」とのことでデモは解散。不思議に気分のよい時間でした。

「それでは、これから今晩の〈投げ銭講演会〉に向かいます」と言われ、その場に立っていますと、「お待ちどおさま」と車が一台やってきました。「この人は安全運転です」と紹介されたにこやかな男性の車に乗りますと、「山なみハイウェーで湯布院に向かいますから」と永さん。ところどころ見晴らしのよいところで車を止めて、雄大な景色とおいしい秋の山の空気を堪能させてくださいました。

秋の夕映えの美しい由布岳の景観に息を呑んで、まず「亀の井別荘」に。好きなレコードを聴き、果物やケーキ、珈琲をいただいて、「玉の湯」に移動。噂に聴いていた湯布院を代表する当時の二大ホテルを私ははじめて巡ったのです。

玉の湯のロビーやいろいろなところに、「永六輔さん講演会　戦争を語る」という手づくりのポスターが貼ってあります。

立派な離れの個室をいただいて夕食後、会場の広間に向かいました。舞台の上の大きな座布団の上に、藍木綿の半纏を羽織った永さんがすでに坐っています。会場は超満員。

「僕は学童疎開で宮城県の白石温泉の旅館に疎開しました。浅草の小学生たちはみんなそこにやってきたのです。僕は五年生。三月十日はご存知、東京大空襲がありましたね。それなのに、僕らは一年上の六年生の卒業式に出て、三月九日に、こんどは中学生になって学徒動員に出るという彼らを見送ったのです。『バンザイ』などとみんなで叫んで見送ったのです。しかし、その上級生たちは火の海となった浅草に帰って行って、東京大空襲にまきこまれてしまった。そののち、僕たちも東京に帰るのですが、再び疎開をして僕は長野県の小諸に行きました。忘れられないのは、僕の苗字が永でしょう。朝鮮系ということで、傷病兵の役を与えられている僕は何度も担架から落とされちゃう。看護婦役の彼女たちがわざと僕を地面に落としちゃうんですよ。僕は上田の中学に進んで、しばらくして、終戦後に東京の実家の寺に帰ってきましたが、ともかく浅草一帯は焼野原。すさまじい数の人々が大空襲で亡くなりました。疎開もいやです。家族と別れたまま、東京の火の海に巻かれて死んだ上級生たち。絶対に戦争はよくない。ともかく戦争で死ぬなんてこと二度とあってはならないです」

観客が何度も拍手をしました。お話が終わるやいなや、座布団を蹴って永さんは会場入口に。文字通りザルを両手で持って立ちました。つぎつぎにお金が、紙幣がたたまれて、丸められてザルの中に投げこまれます。多分帰りの航空券は十分購入できる額に達しているようです。噂の「投げ銭講演会」を体験して、すっかり私は感心してしまいました。

翌朝、おいしい朝食をいただいて、宿代を支払おうとしました。「永さんからいただいています」。「一番の飛行機で東京に戻られると、早朝に発たれました。黒田さんにはゆっくりしていただいて、ということでしたよ」

この年をはじめに、今日まで私は玉の湯さんから毎年見事な柚子と柚子練りの入った竹かご。またまみどりのかぼすと木苺のジャムなどをご恵投いただいているのです。

この大分行の直後に私は小学館の雑誌「本の窓」にたのまれ、NHKスタジオに永さんを訪ねてインタビューをしました。たまたま、その日が現代俳句女流賞の選考会の日でした。俳句をつくっていることなど、私はまったく人に話しておりませんでしたので、受賞にびっくりした永さんはこののち、盛大に私をバックアップしてくださっています。

忘れられないのは、TBSラジオの長寿番組「ラジオ子ども電話相談室」のゲストにお招《よ》びくださったのち、ラジオ向きとご推薦。永さんと私によるこの番組の中での「子ども句会」を何年かご一緒させていただいたことです。「ダイヤル・ダイヤル・ダイヤル・ダイヤル、廻して……」のテーマソングではじまっていたこの番組、ダイヤル電話の消失とともに幕を閉じたのですが、出演者は生放送ですから日曜日の朝、八時すぎにはスタジオに行くのです。放送は九時〜十時の一時間。コマーシャルが入りますから、正味は四十八分くらい。ともかく子どもたちから電話で送られてくる俳句を二人で選び、選評してゆくのですが、実にたのしかったのです。

はじめてスタジオに行ったとき以来毎回十時に番組が終わると、入賞した子どもたちに贈る短冊に染筆をします。永さんの毛筆の文字はとても美事なので、いつも私用に小色紙に何か書いていただいていました。「永眠」「高貴降霊者」とか、それは宝物です。そしてこの番組で学んだこと。生放送に作品を送ったのに参加できなかった子どもたちに、番組終了後に、係の女性たちが電話で連絡をとり、一人一人に永さんと私がその子たちの作品についての感想を述べるのでした。

「永六輔です。お待たせしました。和田有人君ですね。この句ですけどね……」。小学生や中学生のリスナーに対して、実にていねいに、誠実に心をこめて語りかけてゆくのです。二人で手分けして回答してゆくのですが、放送時間よりずっと長くなるのが常でした。こういうシステムがあることを事前にうかがってなかったので、私はびっくりしました。けれども永さんの応対に見習って、私もしっかりと子どもたちと話してゆきました。

第一回の放送とアフターケアが終わって、放送局の外に出ました。

「永さん、あの番組のあとの電話、すばらしかったですね。感激しました」

「四十年もね。民放で番組が続いているってことはね。そういうことなのよ」

気が付くと、私は永さんとペンフレンドになっていました。どこかにご一緒して車で移動しているとき、「ちょっと、待っててください」と小さな郵便局の前でも車を降りるのです。そして官製はがきにその局の風景印を押すことを学びました。

はがきの表ではなく、裏面に、その土地にふさわしい切手を用意していって（またはそこで買って）、その切手を貼った一角にそこの郵便局の風景印を押してもらいます。日付がスタンプされますから、一句だけ書いても、または何も書かずに、黒田杏子とだけ書けば、その日、その場所に私が身を置いていたことの証明になります。いまや私自身がすっかり風景印マニアになってしまいました。

そんな葉書を使ったり、その土地の絵はがきを使って、永さんにお出ししますと、すぐ返信がきます。数えてはいませんが、おそらく五百枚に近い絵はがきをいただいていると思います。それだけ長いご縁をいただいていることになりますが、どうしても忘れられない絵はがきは、永昌子さんご逝去の折のものです。

そのすこし前から、永さんの体重が目立って減ってきていました。東京やなぎ句会のゲストとして、新潟興行にご一緒したおり、長岡駅のホームの待合室で並んで撮っていただいた写真があるのですが、どう見ても以前の永さんではありません。

心配をしていたのですが、そののち日が流れ、新しい年がやってきました。

松もとれた十三日、出がけにどさっと届いていた郵便物の中から、私あてのものをとり出し、布袋に入れて鞄に納め、句会のある東京に向かいました。電車が来て空席があったので、坐って郵便物をとり出しました。永さんの葉書。文面を読む前に、「変だ」と思いました。永六輔とある名前の下か脇に、「六」と消しゴムに彫った朱印がいつも目印なのですが、その日はなぜかブルーの印。えーっ、と息を呑みました。いつもの文字で、三行。

「女房が六日に逝って、淋しい正月でした。　永六輔　六（印）」

東京に着くと、携帯電話を持たない私は公衆電話に走りました。まず小沢昭一さん宅。英子夫人が「あらあら杏子先生。いつもありがとうございます」「奥さま、永さん、奥さまが亡くなられたと……」「そんなことないでしょう。主人も何も言ってません」

つぎに矢野誠一さん。「黒田さん、何か間違いじゃない。僕たち何も知らされてない。永さんの奥さんのご実家に病人がおられて、昌子さんはその看病で大変なんだってことは永さんから聞いてたけど……」

私は永さんのハガキをカラーコピーしました。モノクロでしかFAX送信はできませんが、そのコピーを小沢家と矢野家に送りました。夜、いろいろとニュースが入ってきました。一切外部に明かさず、昌子さんの希望を尊重され、永さんと二人の娘さんのご家族の一致団結、ご協力により、ご自宅で訪問看護を受けつつ、看とりを尽くされたということが判明しました。

それにしても四十年あまりも毎月十七日に開催される「東京やなぎ句会」は一度たりと欠席されず、その句友たちには夫人が末期ガンであることも告げず、自宅で最期の日まで看とることを決め、その方針を貫徹していることを一切どなたにも知らせずに送られたのです。

昌子夫人ご逝去ののち、さまざまな本も出ましたし、「婦人公論」などでの二人のお嬢さんとの「看護の日々」の座談会も掲載されました。永さんのように放送タレントとして活躍中の方が個人情報の非公開を守り続けることのむずかしさをあらためて知らされ、おふたりで決められた方針を完璧に貫徹されたことに畏敬の念をあらためて抱きました。

もうひとつ記して感謝したいお葉書があります。

永さんの奥さまが亡くなられた前の年に、私の母が九十五歳の大往生をとげました。

その直後に「東京やなぎ句会」にお招きを受けて参上しました。「霜」という題がありました。

霜の夜をひき緊まりゆくデスマスク

この私の句を小沢変哲（昭一）さんをはじめ、皆さんがお採りくださいました。デスマスクは亡くなった人の顔を写し取ったものですから、正確に言えば無理があります。しかし、

なつかしき広き額の冷えゆける
朴落葉もてこの面覆はばや
返り咲く海棠一枝枕花
雁啼くや母に一生のこころざし
はせを忌に発つ一念の母にかな

などの句とともに、私はやなぎ句会の兄上様方がみなさん共鳴してくださったこの句をあえて「俳句」に発表する特別作品の中に入れました。

その句会ののち、永さんから毛筆でしたためられた和紙のはがきが届きました。宛名も毛筆です。

「合掌　九十五媼　永六輔」と、それは見事な手漉和紙に墨の文字。

一枚のはがきを手にして、あれほど涙がとまらなかったことはありません。さらに後日談があるのです。

私どもの家には仏壇も神棚もありません。母の遺影を入れた写真立てと並べて、この永さんのはがきも写真立てに入れて台の上に置き、となりに花を飾ってあったのです。ある日帰宅しますと、新しい花びんの底から水がしみ出し、永さんのはがきにそのわずかにこぼれた水が浸みていたのです。和紙はそのささやかな水を吸い上げて、見事な墨の文字が全体ににじんでいます。びっくりしましたが後の祭。はじめて下ろした土ものの花入れから水が洩れるとは。しかし、不思議です。かすかに水を吸ったはがきの文字は風格を増していきます。和紙と墨の力は凄いものと知りました。もちろん、「合掌」のおはがきはいまも大切に写真立てに入って手文庫の中にあり母と私を護ってくれております。

また時が流れ、あれほどお元気で八面六臂の活動を続けておられた永さんが、「パーキンソンソン永六輔」とおはがきに書いてこられるようになりました。

平成二十四年三月十一日（日）。永さんは「東日本大震災物故者一周忌法要」の営まれる宮城県亘理郡山元町の曹洞宗徳本寺での特別講演を前年から買って出ておられました。二月十六日（水）には小室等プロデュースによる「永六輔とその一味オンステージ」という大舞台が東京フォーラムであり、大入り満員。

さらにみちのく行の前日、三月十日（土）にはＴＢＳの永さんの超ロングランの生ラジオ「土曜ワイド」に出演されていました。この朝ＴＢＳラジオのスイッチを入れますと、号泣している男の人の声。東京大空襲を小学五年生で迎えた永さんの「六十七回忌です」という泣き声。その翌日の朝、三月十一日。東京駅の東北新幹線はやて号、八時五六分発グリーン車輌乗車口の前に車椅子に坐って静かに発車時刻を待っている永さんがおられました。あまりにもお父上故永忠順先生にそっくりなことに息を呑みました。

可能なかぎり永六輔の行動を追いかけている私の座席シートが、なんと偶然ですが前後していました。テレビマンユニオンのスタッフや同行の新聞社の方などが発車と同時に隣の車両に移動されました。

昨日は早朝からの長時間生ラジオ出演。そしてけさはまた早朝のはやて号でみちのくへ。

「永さん、昨日のラジオ、大泣きでしたね」

「みっともないと思ったけど、年とって涙もろくなって、止まんない。三月十一日も大変だけど、三月十日のことはもっともっと話さないと。忘れてしまっていたら、あの日に死んだ人たちが可哀想すぎる。僕はこれまで東京大空襲をあんまり話してきていなかったこと、今ごろになってとても申し訳ないと反省してます」

「永さん、覚えておられますか。大昔、私がはじめて〈投げ銭講演会〉なるものに寄せていただいた湯布院の玉の湯さんでのこと。あのときの演題が〝永六輔　戦争を語る〟でしたよ」

はやて号は東京を出ると、上野、大宮そして仙台。一時間半あまりの車中、永さんはいつものノートを拡げ、ずっと何か書き続けていました。

「永さん、朝日まぶしいでしょう。ブラインド下げますよ」

おせっかいと思いつつ、すぐ後の席から立ち上がって、下ろしました。

「すみません。ありがとう」

永忠順先生そっくりになられ、六輔刈りの白髪、白鶴のように痩せて、あらゆること、すべての人に感謝される永さんになられました。

昔から永さんと交流のある徳本寺のご住職早坂師によれば、徳本寺の檀家さんでは百四十人、徳泉寺では七十四人、合わせて二百十四人の方が犠牲となられ、山元町の犠牲者の三分の一にあたられるとのこと。

ともかくこの日の永さんのお話はすばらしく、本堂と境内に設けられたテント内の椅子席をぎっしりと埋められた喪服のご遺族の心に沁み入り、生きてゆく勇気を呼び起こすものでした。この日はお寺からほど近い、昨年八月に設立された山元町災害臨時ＦＭ放送局「りんごラジオ」に移動、永さんを柱とするトーク番組に私も出演させていただいて東京に戻り、自宅には午後十一時着。天皇と同年の病者、放送タレント・パーキンソン永六輔さんの底知れないパワーに励ましを享けつづけた一日でした。

さて、ここまでずっと永六輔さんのお話をしてきたのですが、なんと四十年余りも続いている稀有の句会「東京やなぎ句会」のメンバーの皆々さまともすてきな文通をさせていただいております。昌子夫人ご逝去の折には、

六日はも鰥夫《やもお》六輔六丁日

の句をお贈りしたのですが、六丁目は永さんの俳号です。神宮前六丁日にお住まいだからで、以前は並木橋でした。

小沢昭一さんの俳号は変哲。お父上の俳名を襲名しておられるとか。その変哲先生にも長年にわたりご丁寧なお手紙やおはがきをたくさんいただいております。句集やエッセイの本などをお送りするたびに、お忙しいお方なのに、実によくお読みくださって、嬉しいご感想をいただきます。

なかでも忘れられないお言葉は、昔、『黒田杏子歳時記』をお届けしたおり、「先生は季

語田季語子ともお呼びすべきお方かと……」と読後感をいただいたことです。そして小沢昭一夫人、小沢英子さまのお手紙は見事な筆蹟でお心のこもったお言葉。いつも小沢昭一内、と書かれてあるのがすてきです。英子さまにはまたすばらしいプレゼントもいただいております。

「日頃のご親切のお礼に何かと考えたのでございますが、先日、伊東屋に参りまして、ささやかな品注文して参りました。お納めいただき、お使いいただけましたら幸でございます」との封書をいただいたその直後に、英国クレイン社のあのクリームコットンの上質紙でつくられた角封筒。おそろいの便箋に目立たないように見えて、くっきりと印象的な金柑色の横文字がＫＵＲＯＤＡと刻印されているセットです。惜しんで大切に大切に使って、最後の封筒と便箋を使い切ったとき、空箱に向かって、「英子奥様　ありがとうございました」と合掌しました。

矢野誠一（徳三郎）さんの万年筆の文字は太字で独特です。一度目にしたら忘れられないレタリング。年賀状もですからいつも印象的。そう言えば、「東京やなぎ句会」のメンバーは、みなさん全員手書き派ですね。

年賀状も旧暦で出される方もおられますが、ともかく、パソコンの、あのどなたからのという区別のつかないアドレスカードで印刷された賀状とは全く無縁です。ですからやなぎ句会の方々の賀状は必ず保存したくなってしまって、捨てられないのです。

加藤武（阿吽）さんも官製はがきに大きな文字の万年筆で、必ずこころに沁みる一言をお書きくださるのです。大西信行（獏十）さんはいかにも国文科のご出身、脚本家らしい筆蹟そして文面、優しい兄貴のような感じといつも思います。宗匠の入船亭扇橋（光石）師匠はこまごまとお書きくださいます。「いつもやなぎ句会のために、お忙しいなかお運びいただきまして、恐縮に存じております」というようなお言葉、忘れられません。

さて、最後は柳家小三治（土茶）師匠です。小三治師匠のファンは男女を問わず増加の一途。ある人がため息まじりに私に言いました。「何が羨ましいって、あなた、句会で小三治師匠と同席するんでしょ。えっ、晩ごはんも一緒に食べてから句会？　許せないなあ。何であなた、小三治師匠といつも並んで写真に撮ってるのよ。岩波書店から出てる『東京やなぎ句会』の本ね。私、買ったのよ。小三治ファンですからね。そして、終わりのほうに載ってる句会の記録もよく見たわよ。あなたゲストとして、一番多く招かれてるわね。まったく呆れた。羨ましいのを通り越して、憎たらしいわ。ところで、あなた、こんどいつ呼ばれてるの。俳人だって、誰でも行けるところじゃないでしょ。口惜しいけど、どんどん行ってちょうだい。土茶さんのいる句会に」

この女性はもちろん実在の人。私よりすこし若い、といいましても七十歳。パワフルなアーティスト。

恐れ多いことですが、実は小三治師匠と私はペンフレンドです。いまから十五年ほど昔、私が柳家小三治先生と書いて葉書をお送りしたり、句集や本などをお送りしますと、とても流麗な文字で、黒田杏子先生というお礼状などをいただいておりました。あるとき、「これは提案ですが、今後は黒田杏子様、柳田小三治様ということで、先生ということはお互いに中止してはと考えます。そうしましょうや。柳家小三治」というおはがきをいただき、即実行に入りましたので、以来必ずそうなっております。

『俳句の玉手箱』という本をお送りしたときのことです。ちなみにこの本には、冒頭に池内紀先生との手書き対談が収められていまして、帯には「黒田さん、僕ら手書きのまゝ死ねますから、頑張りましょう　池内紀」と先生の手書き文字で記されている本です。

お届けしてすぐはがきをいただきました。

「生まれてはじめて、玉手箱というものをいただきました。もったいないので、まだ開けてはおりません。ありがとうございました」

そして一週間ほどのちにまた同じタテ罫の入った和紙風のはがきをいただきました。

「玉手箱の中味は実にたのしいものでした。とても幸せな気分になりました。お元気で」

つまり、柳家小三治師匠の二枚続きのシリーズはがきを受けとっている私は果報者です。

東京やなぎ句会の中では小三治さんは一番お若く、一九三九年生まれです。私より一歳お若いことになります。

小三治さんのお父上は書道の先生。何と小沢昭一夫人英子さまの書の先生でいらしたとか。二〇一二年四月十七日（火）。私はまた句会に招かれています。この日、「東京やなぎ句会」は何と第五一三回。名残の花の首都の夕刻、日比谷の航空会館に参上いたします。

十月　秋灯女三代　大津波の後の菅原和子・有美・華の未来

削《そ》ぎ落とすものもう無かり燕来る　菅原和子

作者、菅原和子さんは岩手県陸前高田市の、あの夢のように見事だった松原のほとりに暮らしておられた私ども「藍生」の仲間。

二〇一一年三月十一日を機に、この人の生活は一変してしまいました。避難所生活を経て、現在は病後療養中のご主人と二人、仙台に移住、マンションに暮らしています。

この句は「藍生」の二〇一一年八月号の雑詠欄の巻頭に、私が選んだ菅原さんの作品四句の中の一句。長らく投句の途絶えていた和子さんの投句はがきを手にしたときのよろこび。そしてその作品を読みこんでゆき、この一行に至ったとき、私は涙で何も見えなくなってしまいました。実は私、津波で何もかもが一瞬にさらわれてしまった和子さんのお住まいを何度も訪ねています。家屋は総檜造り。炉も切ってありました。ご主人の俳号望遥さんはもともと網元の家に生まれた方で、俳句とともにご夫妻で茶道にも打ちこんでおられました。
この海辺の家の暮らしが、いかにゆたかなものであったか。いまから十六年ほども前の平成八（一九九六）年の「NHK俳壇」七月号に、当時番組の主宰をつとめていた私の「季語の宇宙へ　夏の日のよろこび」と題した文章がありました。ここに書き抜いてみましょう。

このごろは一年を通して頂くことが出来ますけれど、強く夏を感じさせてくれる食べものとして、その存在を知られている葛切と心太。まことに個人的見解になるのですが、葛切ときけば京都。そして心太は東京。これが私の季語の風景といいますか、季語の宇宙となっています。

高波の夜目にも見ゆる心太　川崎展宏

ところてんを心太と書くことを知ったのは、中学生になった夏でした。同じ年に高校生になった兄が半紙に心太と書いて「これ何と読むか」とその墨の文字をひらひらさせました。「ええと、ええと、ヒントは」「お前さんの大好きなもの」「分かった。ところてん、なんとなくそんな感じしてたけど、やっぱりね……」

昭和三十年代も終わりに近いころ、栃木県北部の小さな城下町。そこで当時売られていた心太は手桶に清水を張り、底に羊羹のような型に固められたものがいくつも沈んでいるもの。鉢とか鍋、大きな丼を持って買いに行くと、木製のところてん突きにそのかたまりを一本入れて突き出してくれる。色なき色の銀色がかった心太に酢醤油をかけ、ときがらし、切り胡麻、青海苔などをまぶすようにして、とりわけて皆でわいわいといただいたものでした。東京でずっと育った人の話では、酢醤油ばかりでなく、黒蜜、白蜜、からしではなく、わさび、また、しょうがも使ったり、板海苔をあぶってはさみで細く切ってたっぷりかけたものなどいろいろあるとか。

心太みじかき箸を使ひけり　古舘曹人

この句のとおり、つるつるとすべる心太には割り箸がいいのです。それも二本ではなく一本であったり、ともかく、その長さはとても短いのが心太の箸です。

心太の原料は石花菜《てんぐさ》つまり海草です。昔は土用頃に採取したものを天日に曝して干し、これを煮て溶かし、よく練ってから型に流して固めるというやり方で作っていたようです。

岩手県陸前高田市の俳人菅原和子さんのお宅に夏祭「けんか七夕」見物に招かれて伺った日のこと、大きな網元であったその家の立派な客間で、お祖母さまの手づくりによる心太が用意されていました。

大ぶりの切子ガラスの鉢に冷たく輝く心太。蜜、酢じょうゆ、きな粉、からし……。どれでもお好きなものでどうぞとすすめられて、あまりのそのおいしさに、私は何杯もお代りをしてしまいました。

太平洋の海鳴りのとどく昼さがり。それは磯の香りのあふれた宝石のようなごちそうでした。石花菜を干すところから、すべてお祖母さまの手作りで仕上げられた心太のあのおいしさ。香りと舌ざわり、のどごしの夢のような時間。陸前高田の風雅なお宅のお座敷でたっぷりと頂いた心太の美味がいまも忘れられません。

ところてん煙の如く沈み居り　　日野草城

いまはもう、こういう状態でところてんを見ることはなくなってしまいました。いまはすべてが幻となってしまった菅原和子さんのお宅での至福の刻の記録です。

和子さんご夫妻は、昭和三十五年のチリ地震の教訓から、山の高みに茶室を造られていました。私はその茶室付きのお宅にも伺っております。三月十一日のあと、おふたりでその山上の家にたどり着いたそうですが、暖房も食料もないので、そこを出て避難所に移られたのです。しかし、岩手日報に掲載される避災者情報を岩手県の俳句の仲間たちが連日注意深くチェックしていたのですが、菅原という姓は多く、さらに和子という名の女性も何人もいたので連絡がとれません。

やっと安否が確認できたのは、何と上海で仕事をしているご長女の菅原有美さんからの藍生事務所へのメールによる情報が入ってからです。有美さんは東京の大学を出てのち、北京大学にも留学をされたため、中国語が堪能。大手建築会社の有能な女性社員として敦煌莫高窟（千仏洞）の修復プロジェクトにかかわり、シルクロードの現地事務所で何年もマネージャーとして働いていたキャリアを買われて、近年は上海支社でも活躍されていたのです。

やがて、和子さんから手紙が届きました。仙台市のマンションに移り、ご主人はリハビリに専念されていること。携帯電話の番号が記されていましたので、六月の結社の全国大会の折には皆で寄せ書きをしたり、それぞれに支援物資を送ったりしていました。

「燕来る」この季語にこめられた和子さんのこころ。長い俳歴のこの人の作品がぐーんと丈高くなり、読み手である私たちを励まし、揺さぶる力をもって迫ってきました。

つぎに届いた手紙は何と和紙の巻紙に墨の文字。茶人ならではのものです。

今冬いちばんの冷え込みから今朝は輝かしい日差しが窓辺をうずめております。ご無沙汰に打ち過ぎておりますが、先生には益々お健やかにご活躍のことと存じ上げます。

大震災より九ヶ月余り。速いようでいやそんなものかと復興のならない故郷を見、複雑な想いにおります。

此度は大変結構な果物のご恵送に深謝致しながら書棚の父母の写真に供え挨拶致したところでございます。

先日、書店にふらっと入りました処、『老後は都会で』の本に出合い、読んでゆくうちに納得しながら自分の方向性を探っております。

三月には約十年の上海勤務を終え、有美・華が東京に帰ってきます。母子揃ってふたたび「藍生」に学ぶことでございましょう。

震災を機に有美なりに考えての帰国と思っております。ありがたいことです。

昨日、仙台の西澤様よりお電話をいただきました。そのうちに同じ仙台の林様とご一緒にお逢いしましょうとのこと。「藍生」の皆様の厚いおこころ配り、お計らいとお力に日々感謝致しております。

様ざまの集まり、人とのお付合いに、被災者だからの自意識をついつい忘れてしまうことがございます。常に独りではない。いつも隣に居てくださる。その様に心に強く覚える日々となりました。

過日、久し振りに陸前高田を訪ねましたが、街らしさは何処にもなく、その跡地はひたひたの波が寒風に脈打っており、飛ぶ海鳥の姿も見えません。

矢張り仙台はこののちも長く居る土地。又は終の棲家となるのでは……とも。

お蔭さまで主人はリハビリの効果があり、今日もデイサービスに出かけました。避難後、一度も高田に戻らず、毎日、行きたい、見たいと申しておりますが、春になり娘有美が戻って、一緒であれば連れてゆける。そう思っております。

日本の、いや世界中の皆様に唯々感謝を申上げての年の暮でございます。

数え日となります。一層寒さ厳しくなります。先生もどうぞくれぐれもお身を充分においといい願います。

有がとう存じました。かしこ
平成二十三年十二月二十日
菅原和子
黒田先生

これまでにも長い期間の句友としての交流の中で、和子さんから、葉書や封書を頂いてきました。陸前高田名産のふかひれスープなどを送ってくださる際にも、きれいな高田松原の絵はがきなどのカードを頂いてきました。しかし、巻紙に墨書の手紙ははじめてでした。和子さんの人格の高さに感心しているところに、さらにつぎの巻紙がとどきました。

初春の
　およろこびを
　　申し上げます

昨年中はたくさんのお心遣い、お心寄せを頂き、心より感謝申し上げます。

仙台に住むこと十一ヶ月となります。都会生活には不安と途惑うことばかりでありましたが、今では、住めば都ではなく、都は老の住む地、住まば都なりと、日々前向きに暮しております。

暮に「宮城藍生」の小久保・西澤・林の皆様がお訪ね下さり、お茶飲みにお誘い下さいました。刻の経つのも忘れ、心の和む一日となりました。句友はありがたいですね。

主人のデイサービス、ショートステイの都合がうまくつけば、いずれ私もまた吟行会にも参加させて頂きたいと願っているところでございます。
未曾有の災害からの復興も又、予想だに出来ない年月を要するとのことであり、私達に定まるべき埒は見えてきません。
ただ云えますことは、
悠久の春秋を重ねつつ、復興への祈りを続けて行くことこそ最善ではないでしょうか。
絆を大切にし祈りと感謝の平成二十四年と致したいと存じます。
黒田先生の一層のご健勝をご祈念申し上げます
平成二十四年　元旦
菅原和子
黒田杏子先生

たくさん頂く年賀状の中でも、この和子さんの賀状は心に沁みるものでした。

一月十五日締切で、「藍生」の編集部から和子さんにも原稿の執筆依頼がとどいていたはずで、三月号に〈特集　父のこと　母のこと〉が掲載されますと、和子さんの原稿がまず目にとびこんできました。現在、住まいは仙台ですが、会員の住所としては現在も岩手県となっています。もともと陸前高田の句会のリーダーでいらしたので、地元に残っているメンバーと和子さんはずっと通信句会を続けているのです。

巻紙で頂く手紙のすばらしさにも感銘を受けていたのですが、見開き二ページ、四百字詰にして四枚半ほどのこのたびのこの人の文章にも私は心を打たれました。

結社の仲間は日本中津々浦々にいて、老若男女の別なく、みなそれぞれの人生の中で俳句を詠みつづけているのですが、私は会員の書く文章のすばらしさにいつも教えられ、学んでいます。得意の筆写で、被災者菅原和子さんの名文をここにご紹介しましょう。

父のこと、母のこと　菅原和子（岩手県）

小さな書棚に飾る父と母の写真に、朝のお茶を供えることから、私の避難生活の一日は始まります。

未曾有の津波から暫く身を置く地として仙台に住み、三ヶ月経つ頃一枚の父母の写真が姪から届きました。

東北新幹線一関より東方へ車で三十分行くと遥か東に標高八百三十メートルの室根山が見えます。なだらかに展がる裾野は今尚静かな田園風景です。室根山を源流とする弓手川は村を潤しながら貫き、北上川へ注ぎます。父、母との想い出いっぱいの私の故郷です。

父は地主の長男に生まれ弟妹との三人兄妹でした。夢多き少年期青年期を過ごし、職業軍人に憬れながらも左の近眼の故で不合格となり、祖父母は安堵したそうです。

父二十二歳の頃、岩手県では冷害や災害が頻発し、農作物の生産は低迷、農民は苦しんでいました。折しも大正末から昭和の初め、厳しい自然環境に翻弄される農村の現実を見た宮澤賢治は、科学の知識、技術による農業生産の向上を説き、指導に地方を巡りました。賢治との出合いは父の心を一層奮い立たせ、実業学校生として学ぶことになるのです。土地改良、稲、麦の品種改良、肥料等、農に関ることを広く学び、後に父自身の名前を持つ小麦の新品種「久人麦」が世に出ました。

賢治からの影響は短歌、俳句の分野にも及び、村の有志による句会には農繁期でも夜は出て行ったと母から聞かされたものです。

母は明治三十九年、隣村の農家に次女として生まれました。六年生のとき母が亡くなり、姉が嫁いだ後は幼い弟妹三人の世話をし、二十歳で父と結婚しました。出歩くことの多い父と、躾の厳しい祖母に仕えつつ働いたのです。稲、麦作り、煙草の耕作、養蚕と年中仕事の途切れることのなかった母は「あの頃お父ちゃんが居てくれたらなあ」と、第一線から退いてからも炬燵で繕い物の手を休めるでなく、たまに訪ねる私に語るのでした。

農事も家事も母の肩にかかることばかり。殊に養蚕は昼夜に亘る管理が必要で、蚕飼いの主任だった母には夏は多忙を極める季節でした。

夏蚕飼ふ母の寝姿つひに見ず　　和子

子供心にも美しくいつも元気な母と思っていましたが、過労が原因で遠い町の病院に入院したことがありました。母入院中の半年間は、三歳ずつ離れた姉二人が私達の世話をしてくれました。

退院後も相変らず働き詰めの毎日でしたが、年齢を重ねる毎に元気で、その後はもう入院することはありませんでした。むしろ弱虫で入院を重ねたのは私の方で、その度に母は寝ずの看病をしてくれました。

昭和三十五年、嫁して間もない私はチリ地震津波に襲われました。その時も母は列車も道路も不通だったのに、どう辿り着いたのか、沢山のおにぎりを背負い、誰よりも先に駈けつけてくれました。

また母には隠れた趣味がありました。百人一首の全首を誦じていて、衒うでもなく、その日の気分に乗せて吟じます。

山里は冬ぞ寂しさまさりける
人目も草もかれぬと思へば　源宗于《むねゆき》朝臣

八十歳を過ぎた頃、よく人生の昏れ刻と言い、この歌を口ずさんでいました。チリ地震津波の後に立ち上げた石油製品販売業はお蔭様で大繁昌し、夫と共に私は忙しく立ち働きました。そんな或る日、父より一枚のハガキが届きました。

忙中閑有
忙しくもたまに飲む茶や岩清水　ひさと

たったこれだけのハガキに私は息を呑みました。故郷への便りもせずに、ただただ仕事に忙殺されていたのですから。父は己を見なさいと言いたかったのです。間もなくして津波の避難所兼茶室を建てた私に、庵の扁額として「桜花庵」と彫り書きし、携えてきました。この時父と一緒に頂いた抹茶の美味しさは忘れることができません。すでに八十を越えた父の来訪に驚きましたが、耳の遠くなっていることに気づき、淋しさが広がるばかり。

いつよりの父の難聴雁渡る　　和子

公的な仕事から離れた父は、専ら菩提寺の諸事に心血を注ぎ、写経に取り組みました。時間を見つけては私達を伴い、ある時は母と共に神社、仏閣詣をしながら、何幅かの写経を仕上げました。

何事にも行動的な父は、晩年は己と向き合う静かな刻を送った典型的な明治男。そんな父は、矢張り大黒柱でありました。一方母は、生命を産み育て守りながら、明治女のしたたかさとしなやかさを持ち続けました。

父は八十八歳、母は九十四歳で逝きました。生前願っていたように、二人とも四月の桜花風に揺れる日に旅立ちました。厳しい環境の中にも父母達はたのしく生きていました。そこには芸術も文化も宗教もあったのです。

少し朝寝した日は写真に詫びながら、私はそっとお茶を供えるのです。

いかがでしたでしょうか。

いい文章、見事な人生の立姿と私は思い、句友和子さんに敬意を深めました。
ここであらためて和子さんのプロフィールと作品、短文を「藍生二十周年記念特別号」（二〇一〇年十二月号）から書き写してみましょう。

菅原和子（岩手県）
一九三四年岩手に生まる。自営業の傍ら市民講座を経て小原啄葉主宰「樹氷」、「藍生」創刊と同時に入会。この間茶道教室を開き二足の草鞋。

七草の一草長き根をもてり
雛の間の昔機部屋絵らふそく
河鹿笛きくそれだけの迂回かな
余震なほ硯を洗ふいとまにも
虚子の句へどの径行くも松落葉

蔵王山麓の湯宿へ日帰りの旅をした。世は葉桜なのに此処だけは百花繚乱。大木からの飛花は湯舟を覆う。鄙びた宿はなお際立ち、囀りも酔うが如く。今日この景こそ、句を嗜む父に蹤いて歩いた我が俳句づくりの原点の風景に酷似。句の縁を想う。句作五十年はただ気ままだった。これからは今日の今を詠み続け、納得の一句に辿り着きたい。

この特別号には全会員が一人二分の一ページずつを使って、近影の顔写真とともに五十音順で掲載されています。瀬戸内寂聴先生も主宰の私も、それぞれのページに順番に従って掲載されています。

この特別号が発行された時点では誰も、あの三月十一日の大震災を予測してはおりませんでした。和子さんもゆたかな黒髪のはなやかな、晴れやかな笑顔のポートレートと共に参加されています。

さて、さきにご紹介を致しました「特集　父のこと母のこと」の掲載号を手にされた和子さんからまた封書が届きました。今回は巻紙に墨書ではなく、和紙風の罫の太い便箋に筆ぺんのようなもので書かれています。

芽吹きの候

寒さ尚厳しく殊のほか降雪の多い春でございます。

ご無沙汰に打ち過ぎておりますが、黒田先生には益々にお元気のことと存じ上げます。このたび「藍生」三月号に、父のこと母のことへの筆を持つ機会をお与え下さり、心より感謝申し上げます。

これ迄の私の人生の中の三分の一のみの父母との生活でしたが、過ぎ去ってゆく日数が長ければ長いほどに鮮明に甦り生きる力を与えてくれます。

まだまだ綴り尽くせないこと、書きたいことが沢山ありますので、今後もおりおりにノートに記してゆきたいと思っております。このようなことを志す機会を賜りましたこと、ほんとうに嬉しくありがたいことでございました。

さて、仙台の小久保様より「游の会」の吟行会へのお誘いをかねてより頂いておりましたが、二月末に初めて参加させて頂くことが叶いました。

宮城・山形・福島、さらに岩手とみちのく各県よりのご参加。事務局長の小久保様のご進行の下、個性豊かな各地の皆様との句会に、久しぶりに、世の中が見えた想いが致しまして、刻の経つのも忘れてゆくばかりでした。

会場は雪国山形市。春雪の山が真ん前にどんと。けれどもいささかも雪を苦としない山形人のおおらかさ、優しさに、何ともいえないぬくもりを覚えました。嬉しく、愉しく、心の満ちたりた吟行会でございました。

これからも、夫望遥の泊りがけのデイサービスなど、都合のつく限り、勉強会、吟行会に参加致したいものです。

話は変りますが、杏子先生のお名を頂きました孫は本日、東京女子栄養大学生となり、都へと遊学の荷を運んで行きました。早いものでございますね。

忌わしいあの日から間もなく一年となります。目に見えての復興の姿はほんの少しです。すべてこれからでありましょう。

陸前高田の句会とは通信の形で半年間が経過しました。どなたも、俳句から大きな力をしっかり貰っていると申しておられます。

何よりも心を大切にと思っております。お互いの絆を俳句によって、強めてゆきたいと希っております。句縁こそ命です。

とりとめのないことをしたためました。お許し下さい。

ご自愛のほどをお祈り致します。かしこ

平成二十四年三月三日

菅原和子

黒田杏子先生

和子さんから頂く手紙はどれも見事。封筒に書かれた宛名の黒田杏子先生という文字も堂々と優美。私は菅原和子ファイルを特別に作って、保存することにしてきました。
　ここで、和子さんの俳句作品を近号の「藍生」雑詠欄から抄出してみましょう。ちなみに私の主宰するこの結社には創刊以来同人制はなく、会員作品は黒田杏子選による〈藍生集〉に掲載となります。

風を呼ぶ草々生けて十二月
柚子湯して三・一一忘れまじ
冬に入る靴紐きりと結びあげ
大道芸囲む人の輪社会鍋　（二〇一二年三月号）

真向ひに沖津白波除夜の鐘
日本に戻ると決めし賀状かな
掃き寄せて雪に重さのありにけり
絆てふ一字大切去年今年　（二〇一二年四月号）

それぞれに和子さんの眼と心のよく働いた作品で、この人の現在が過不足なく詠み上げられていると思います。

今、しみじみと思います。和子さんは私より四歳上。八十に近い七十代の女性。東京、岩手と居住地は離れていましたが、共に山口青邨門下。「夏草」以来の旧い句友でした。

青邨先生ご夫妻が盛岡のご出身で、その墓所も盛岡にあることから、私もしばしば盛岡や岩手県内を訪ね巡ることが多かったのです。忘れられないのは和子さんと一緒に北上川河口の蘆焼きを見に出かけた吟行会の折のことです。

南部その河口千里の蘆を焼く　杏子

蘆火守走りて炎放ちけり　杏子

焼きつくす北上川《きたかみ》の蘆むらさきに　杏子

などの句を私は得ました。同行の小林輝子さんのお世話でその晩は河口の宿に一泊、同室の三人で夜中すぎまで俳句談義をたのしみました。

明け方に目がさめて、寝つかれず、窓辺に倚り、カーテンを引きますと、目を疑いました。何と蛍火が白い靄の中に点々と。じっと見ていて、その火が白魚舟の灯火と気付き、ゆくりなくも白魚火《しらおび》という季語の現場に身を置けた僥倖に感動しました。和子さんも輝子さんもすやすやと夢路を辿っている様子。私は鞄の中から句帳をとり出し、その夢まぼろしのような光景を句にしようとひとりいつまでも窓際に立ち尽くしていました。その折の句は一句だけ句集に入っています。

白魚火の暁闇むかしがたりして　杏子

三十年余にわたる菅原和子さんとの句友としての交流。千年に一度の大津波にすべてを流され、陸前高田から仙台に避難生活を余儀なくされている菅原和子さんと夫君の望遥さん、そしてご長女有美さんとそのひとり娘華ちゃん。ご長男のご家族。菅原和子さんのご一家をいまほど見事と思い、なつかしく敬意をこめて親しく感じたことはありません。

あの暑かった夏も遠ざかって、虫の声が滋くなってきた頃、私は「藍生集」の投句はがきの中に、「東京都　菅原有美」の名を見出し、パッと心が明るくなりました。和子さんの一人娘有美さんが上海から帰国、本社勤務となったのです。

髪洗ふ母凛として蘇《よみがえ》り　菅原有美

和子さんを詠んだこの句をとりあげて、私は選評を書きました。そして、さっそく帰国を祝う葉書を速達で出しました。

折り返しつぎの手紙が届きました。元気でいきいきとした有美さんの懐しい手書き文字。純白の便箋にしたためられた横書きのその文面を書き写してみましょう。

黒田杏子先生

永い間、ご連絡も差し上げず、大変に失礼を致しております。

ご挨拶をしなくては、しなくてはともたもたしておりました。

本日はお懐かしい先生の直筆のお葉書を頂戴いたしまして、大変に恐縮しております。

二〇〇三年晩秋に当時小学一年生の娘を連れ、上海に赴任いたしました。

今年春、大震災の後始末やら、娘の高校入学、ここは人生の節目と思い、会社に帰任を願い出て帰国致しました。

大震災の折には、両親が先生より多大なご支援を賜りました事、ここに改めまして、こころより御礼申し上げます。

命以外は大部分のものを失いましたが、俳句の力を以て、母も父も私も光のある方向を見つけられたと実感しております。

これまで長年にわたり、書きためてきました句帳、両親の家の書棚を埋めつくしておりましたおびただしい句集、季寄せ、歳時記、文献、アルバム全て流れてしまいましたが、鉛筆と紙さえあれば、また以前と同様に句作を続けられるのだ、という現実がまるで宗教のようでもあります。

句作というのは、俳句というのは楽しい時よりも苦しい時のためにあるのではないか。先達の方々もきっとそのようにして俳句と向き合って来たのではないかと感じています。上海にて8年半、俳句をすっかりさぼってしまいました。このブランクを埋めつつ、新たに勉強をし直さなければと痛感しております。

娘の華《はな》は念願のJK（女子高生）となり、短かすぎる程のスカートで楽しく登校しております。自己流の小説等を書き溜めている自称「文学少女」ですが、本人の希望で、杏子先生に俳句を習いたいと、今月より「藍生」に入会するようです。

和子・有美・華。菅原家女三代、先生にお世話になります。何卒よろしくお願い申上げます。

自分の方の事ばかりのご報告となりますが、同封の名刺の職場に通っております。入社以来の会社とはいえ、永い海外勤務から戻りますと、慣れない事の連続で戸惑ってしまいます。ＩＴ化が進むのも考えものです。

先生のご執筆のご本、ご文筆などは、母が上海へ絶えず送ってきてくれておりました。先生の目標を常に掲げ、精力的に行動される御姿に、上海在住中も常に勇気をいただき、励ましをいただいておりました。ありがとうございます。

会社員としての人生、人間として女としての人生…。後半の人生も俳句に助けられて生きたいと希っています。

ご指導を重ねてよろしくお願い致します。

先生のご健康を心よりお祈りしております。　二〇一二年十月十一日　菅原有美

十一月　冬銀河を遡る　俳句少年小田実

わが家の二階に上る階段脇の板壁に、縦七十センチ、横三十五センチほどの画仙紙に、見事な筆勢で墨書された私の俳句が四隅を安全ピンで止めて貼ってあります。

○七・七・三○　小田実逝く
夏終る柩に睡る大男
黒田杏子さん句を　倫典かく

岡山県の「九条の会」の方から贈られた染筆ですが、倫典という号をもたれるこの方から「九条の会」の集まりの会場に、この句を大書して掲げさせていただきたいとのお便りとともに届いたものでした。すでに画仙紙もすこし黄ばんでいます。七十五歳で発たれた小田さんも八十歳、お元気であれば傘寿になられたのだといろいろ思い出します。

この俳句は小田さんが亡くなられた直後に、わたしが番組の主宰をつとめた折の「ＢＳ俳句王国」に投じた作品。出席者は「俳句甲子園」の代表作家、つまり高校生たち。ゲストは立松和平さんでした。当日この句には全く点が入らず、立松さんのみが採られた一点句。作者が明かされ、合評の段階で、「それは黒田の句です。去る七月三十日に亡くなられた小田実さんへの悼句です」と申しますと、立松さんが「ああ、そうだったのか。小田さんの人生が出ているなあ」と。立松さんは私より十歳もお若いのにもう逝ってしまわれました。共に栃木県ゆかりの東京で仕事をする「しもつけ出版人会」の創立メンバー。とても親しい弟のような方でした。

この生放送が終わり、翌週放送のＶＴＲ収録の回が始まるまで控室で休憩。廊下を並んで歩きながら、「黒田さん、いまの高校生は小田さんを知らないよ。晩年の小田さんはすこし寂しかったかなあ」と。

「わっぺいさん、そんなことないわ。『すばる』に連載してらした『河』、みたいな作品、誰も書けない。それにね、青山葬儀所に八百人もの会葬者が集った市民葬なんて前代未聞……」と言っているうちに控室に到着。

番組主宰者専用の控室、ソファーに坐って、すでにあの句は全国の視聴者に画面を通して公開されたのだと思い、粛然としました。

はじめて私が小田さんにお目にかかったのはその年の二月二十二日。この放送の今日までまだ半年しか経っていないのです。

二月のはじめ、私は旧知の編集者、新潮社の富澤祥郎さんから封書を受けとりました。小田実講演会＝「小さな人間」の位置から＝ご案内。添えられたカードに独創的レタリングの富澤さんのメッセージ。

「こういう会があります。お時間とれましたらぜひ。お目にかかれれば幸です」

富澤さんにお目にかかったのはただ一度。それも私が博報堂で「広告」の編集長であったころ。ともかく大昔なのですが、「広告」誌は以来ずっとこの方に社から寄贈されていました。

富澤さんは俳句が好きで、俳壇のこともよくご存知のようでした。

小田実講演会

『玉砕／Gyokusai』『9・11と9条』

『終らない旅』刊行記念

■日時　２００７年２月22日（木）　18：30開演（18：00開場）
■会場　岩波セミナールーム（東京都千代田区――岩波書店アネックス３）
■会費　５００円（当日会場でお支払いください）
■先着60名様に、お申込み後、ご案内を差し上げます
■申込み・お問い合わせ先　大月書店「小田実講演会」Tel　03-3813-4651
■主催　岩波書店・大月書店・新潮社
講演者からのメッセージ（略）

案内状をいただいて手帳を見ますと、珍しくこの日は朝から晩まで予定が入っていません。大月書店に電話。まず自分ひとりの席を予約。しばらく考えて私を含め八名分の席を予約し直しました。

私は当時、テレビというものを全くといっていいほど見ていませんでした。小田実という人が現在どんな風貌なのかも知りません。

しかし、『玉砕』は自分で購め、『終らない旅』は富澤さんから恵送されて、どちらも完

読していました。心に深く沁みた二冊でした。

しかし、今日の私のこの積極性はどうして？　と考えてみました。「小さな人間」の位置から。何よりもこのタイトル、この呼びかけに私の心の底に沈んでいた魂が共振したのだと気づきました。卒業と同時に俳句と無縁になり、ようやく三十歳を目前にして復帰を決心、山口青邨師に再入門を請うたそのとき、私はこれからの人生をまさにこの「小さな人間の位置」に立って、つまり最短詩型俳句一本にすがって生涯を貫きたいと発心した遠い日の希《のぞ》みが、この講演タイトルによってまざまざとよみがえり、思わず心が震えたのでした。

しかし、その著者にじかに会ってみようかとは思えても、やはりひとりで出かけるのは気がひけます。企画の主旨に反応しそうな友人をリストアップ。横澤放川・山下知津子・駒木根淳子・榎本好宏。以上は句友です。さらに内山章子（鶴見和子・俊輔氏妹）、加えて沼津乗運寺の林茂樹和尚、京都の赤松慈雲和尚などです。みなさん、よろこんで参加とのことでしたが、横澤さんは当日急に網膜剥離の疑いが出て病院に行くため欠席。結局私を含め七名が岩波セミナールーム中央前列部分の席を占拠しました。

小田さんが入ってこられました。血の気がありません。がっしりとした体格で背が高いため、やや猫背という印象。

――このたびの三冊、共通点があります。三冊のうち二つは小説です。『玉砕／Gyokusai』は私の小説と、それをラジオドラマ化した作品で、ドナルド・キーンさんの序文や二人の対談、イギリスのティナ・ペプラーさんのエッセイが入っている。けれども基本的には小説です。それから『終らない旅』も書下ろしの長篇小説です。もう一冊は、平和論集として、新しい書き下ろしと、昔から書いたものを集めたものです。

今日はそれぞれ傾向がずいぶん違う三社が共催の講演会をする。小さな場所でじっくり語ってほしいというので引き受けたしだいです。兵庫県西宮から、さっき来たところです。

私の好きな言葉に「一期一会」があります。日本人が大好きな言葉です。「一期一会」。これは、私の英訳では“One chance, one meeting”（笑）。これは名訳なんですよ。イギリスでずいぶん流行らせた。

ついでに言っておくと、「一期一会」は中国の言葉で、日本人は大好きですね。韓国人はこれじゃなくて「老少同楽」というのが好きらしい。つまり、老いも若きも一緒に楽しむということ。「一期一会」は日本人が好きですけど、なんとなく哀しい。「老少同楽」のほうが愉快でいいと思う。

私も今日のようなことは初めて。編集者も皆初めて。お聴きになる方も、その初めての講座に参加しておられるわけです。「一期一会」の縁を「老少同楽」でいきたいと思います。

黒板を使って、小田さんの話は自由自在。ギリシアの話。アメリカの現在。むつかしい話もともかくユーモアいっぱい。私は思わず声を立てて笑ってしまいます。すかさず小田さんが私に向かって指をさし「笑うな」と。

――私は、ベトナム戦争のときにいろんなやつと知り合ったけど、デイブ・デリンジャーという有名な反戦活動家――もう死んだけどね――としゃべっていて、アメリカの民主主義は何や、自由は何やという話になって、ペンタゴンの人員、何人働いているかは秘密だけど、それを調べたやつがいる。アイスクリーム屋よ。自分のアイスクリームを売りつけたいから。全部推定だけど、確実に推定したわけ。これが、アメリカの民主主義の根本や。私は、そう思うね。私利私欲でいい。「国家は国家の私利私欲じゃないか。俺は俺の私利私欲」で、闘うのよ。それがないと、小さな人間は駄目ですよ。すぐに国家にやられてしまう。

反戦運動のとりえというのは、難しい理屈が要らないことです。「この戦争は間違っている。反対だ」ということで一致するわけだから。私はそれでたくさんの友だちができた。たとえば、ノーム・チョムスキー。それから、ハワード・ジン。さらにはバートランド・ラッセルまで。ラッセルの哲学とか、サルトルの哲学とか——私はサルトルも知ってますが——、そういう哲学を知らんやろ？　そやけど、反戦運動の一点において知っている。

「この戦争は間違っている」。それで集まってくるでしょう。これは非常に大事なんですよ。学のある人の、なんとか主義がどうしたこうしたというのはきりがないでしょう？　それが、小さな人々の原点なのです。それが集まったのが、べ平連です。これは非常に自由な運動だったと思うのです。

憲法でいちばん大事なのは、二十五条、二十四条の、具体的に小さい人間の生き方が書いてあるところじゃないですか。そして、そのためには九条が必要なんですよ。戦争があったら困るでしょう。そして、それだけでは駄目なんです。世界全体が変わらなきゃ駄目でしょう？　それが前文なのです。そうやって結びつけて考えていただきたい。

文化の問題においても何においても、小さな人々、小さな人間が非常に大事なところにきているのです。皆様方に考えていただきたいと思って、ここへ来た次第です。

結果的に小田さんにとって、生前最後の文学思想講演となったこの日のお話は、会場をひとつにしてしまうすばらしいものでした。

私たち七名は興奮につつまれ、山の上ホテル本館地下のモンカーブへ揃って移動。

「いやあ、実に喰い足りる話だった」と林和尚。「誘っていただいてほんとうにありがたかったです」と山下さん。「京都からの新幹線代なんて安いもの。ギリシア文学から九条までさすがだ。小田実はすごい」と赤松さん。「ノートとりながらきいて、すばらしかったわねえ」と内山さん。「テレビで見ていた小田さんより、ずっと迫力があって、しかも親しめた」と榎本さん。「感激です」と駒木根さん。

ともかくすっかり感激した私はその晩、一同を代表して感想文をしたため、富澤さんのお誘いに感謝、あわせて、「ドナルド・キーンさんとの夕べ」が特集されている同人誌「件」と共に投函しました。

三月のはじめ西宮から小型の茶封筒に入った返書が届きました。

黒田さん。

いいお手紙ありがとう。私の話はともかく、あれはいい会でした。あとで幹事さんの新潮社の富澤氏、岩波の高村氏、大月の中川氏もそう言っていました。三人とも私の本が機縁で初めて会った人達でしたが、まさに一期一会、この縁を大事にしていきたいと意見が一致していました。

「件」もいい雑誌ですね。これもよき一期一会の感があってよかった。特集のキーンさんの話もよかったし、メンバーの方々の文章もそれぞれによかった。（中略）

私も、実を言うと、昔、少年時代、「俳句少年」でした。短歌は性に合わず、俳句をつくっていました。からだが大きかったので、まだ中学生なのに、大学生になりすまして、大人達の吟行に参加したこともありました。

この頃の駄句をひとつ。

春暁の土をざくりと掘り起す

市民運動は、まさに「一期一会」だと思っています。そこが、労組や学生運動、ソシキの運動とちがいます。「一期一会」に加うるに、「老少同憂」「老少同怒」ですかな。

　これからも、おたがい、元気で

　２００７・３・２　小田　実

便箋はＨＩＬＴＯＮホテルＴＯＫＹＯの洋紙三枚。ロイヤルブルーのインク。太字の万年筆の大きくのびやかな、いかにも小田さんらしいと思われる筆蹟。

私はここで度胸をきめました。主宰する結社誌「藍生」の八月号に、小田さんの戦争体験（大阪大空襲など）にかかわる原稿を頂戴できないでしょうかとのお伺い。絵はがき上部に私の住所・氏名を書き、切手も貼ってご意向をお知らせ下さいと封書に同封、投函。

三日後にその絵はがきが届いていました。

例の太字の万年筆の文字で、はがきの下段に

　書くことにします。

　何をどれくらいの分量書くか――

　又ごレンラク下さい。

3月18日から4月9日まで国外に出ているので、4月中旬にレンラクして下さい。

小田実

しかし、こののち事態は大きく急変。

小田さんはフィリピンにおける「国際恒久民族民衆法廷」（PPT）に審判員として出席、大変なエネルギーを要するお働きをされて帰国。出発前から異和感を抱いておられた胃の検査をされたところ、すでにその病状は相当重症であると診断され、今後の仕事、活動をどのようにしてゆくかを検討中との近況報告の附されたPPTでの大部の活動の報告書が大判の封筒に封入され、私の自宅にドサリと届いたのです。近況報告の末尾に、この事態により、お約束の原稿執筆はご放念いただきたいとの一行。私はさっそく、「原稿の件は了解致しました。何とか一刻も早く最善の治療に専念して下さい」と書き、あわせて、「PPTの報告書は驚くべきもので、自分がこれまで何も知らずにきたことを反省します。小田さんがまさに骨身を削って、民衆のためのこの法廷に臨まれ、不当な苦しみを与えられてきたフィリピンの人たちに光明を与えられたことに敬意の念を覚えます」と書き添え、速達で投函しました。

そして四月も末近くなったある日、二人暮らしの私たちはゆっくりと朝食をとっていました。

電話が鳴りました。

「こちら小田実の家内でございます。小田に代ります」

と凜とした女性の声につづいて、

「やあ、黒田さん。フィリピンの大報告書にすぐ反応して連絡をくれたのは、寂聴さんとあなただけ。つまりあなた方女性二人だけ。男はだれひとり何もまだ言ってこない。ところで、私は末期の胃ガンです。余命は三か月くらい。五か月か。いやそこは分からない。

東京で高度医療を受けつつ、仕事のまとめに集中したいと考えています。大阪より東京の方がそのためには断然条件がいいという判断。まずガン研に知人を通して入院の申込みをしたけれど、紹介も無いからか、部屋が無いとかでラチがあかんのです。

黒田さんのネットワークで何とかなりませんか。ともかく至急に入院先を当ってもらいたいのです。

それから、いいですか、私の東京の友人、ふたりの連絡先をこれから申し上げますので、メモしてくれますか。あなたに覚えておいてもらいたい人物です」

（ここで古藤事務所の古藤晃さんとテレビマンユニオンの坂元良江さんの電話・ＦＡＸなどのメモをとります）

「あのお、私の友人に聖路加国際病院の細谷亮太というドクターがいます。昔からの句友。『件』のメンバーです。彼は小児ガンの専門医ですが、副院長ですし、ともかくこの人にいますぐ連絡をとってみます。その上でまた、こちらからお電話さし上げます」

朝食どころではなくなりました。運よく細谷さんのケータイにつながりました。

「細谷でーす。黒田さん、どうかなさいましたか」

「私じゃないんです。小田実さん。かの小田さんから直接いまお電話いただいて。あのね、胃の末期ガン。手術もできない段階とのこと。東京で高度医療を受けながら、余命三か月の中で仕事の仕上げとまとめに専念したいとのご希望。でも、ガン研も満室らしくて、私にどうにかなりませんかって……」

「黒田さん、その余命三か月ってはっきりしてるんですか。誰の判断ですか。高度医療を受けたら、すこし命は延びるけど、頭は使えなくなるんです。仕事の仕上げとかまとめはとてもできませんよ。きっとそこんところを小田さんは分かってないんだなあ。もちろん、僕の友人のルートでガン研だってどこだってすぐ頼むことはできるけれど、高度医療と頭脳労働は両立しないんですよ」

「じゃあね、細谷さん、いますぐ小田さんにあなたから直接お電話していただきたいわ。私を介してると時間のムダですから」

「いいですよ。すぐ僕電話します」

しばらくして細谷さんから電話。

「小田さん、すぐ了解されました。聖路加で緩和ケアを受けつつ、仕事のまとめと執筆に専念されます。大阪で撮ったレントゲンも古藤さんという方から僕の方に届けてもらいます。黒田さん、ともかく今夜『件』でしょ。すこし遅れるけれど、必ず出席しますから、詳しいことはまたそのときに」

その日の夕刻、神田神保町の「藍生」事務所に「件」メンバーが揃いました。横澤放川・橋本榮治・西村和子・山下知津子・仁平勝・櫂未知子さんたち。小田実を知らない人はいません。

七時すぎ細谷さん到着。

「黒田さん、すべて手配完了です」

「いま、ここから小田さんにお電話しましょうよ」

「小田さんですか。黒田ですが、いま『件』の例会です。細谷ドクターに代ります」

「細谷です。けさほどは失礼いたしました。ご入院の手配その他すべて済ませました。

大阪でのレントゲンも僕のところに届きました。ご来院当日は、日野原も玄関でお出迎えするそうです。何かありましたら、またいつでも僕に電話してください。黒田さんに代ります」

「いやあ、ありがとう。俳人は仕事が速い。市民運動ではこのスピードは出ませんな。『件』句会の皆さんによろしく。本当にありがとう。句会、羨ましいなあ」

小田さんは五月七日にご一家で上京、聖路加に入院。「女房だけでなく、娘にも会っておいていただきたいので、二人で入院当日、病室でお待ちしています」とのお電話。その日私は東京女子大の句会「白塔会」。西荻窪から四時すぎに聖路加に着き、細谷さんの後について病室に。

「いやあ、黒田さんありがとう。ホッとしてます。そこの椅子にどうぞ」

人生の同行者と小田さんの呼ばれる、美しい玄順恵夫人と一人娘のならちゃんに紹介されました。つぎつぎにお見舞の人々が。立ち上ろうとすると「黒田さんはまだそこにいて下さい」と小田さんの指示。この日、私は小田実ネットワークの編集者、支持者の主な方々にすべて会い、名刺交換をしたことになりました。

この日から、私はたびたび病室に伺いました。長年にわたり年に一度は二泊三日の人間ドックに入っていることもあり、細谷さんのおかげで聖路加はおなじみの病院なのです。日野原先生もよく存じ上げています。

病室で小田さんはどんどん仕事をなさっているようでした。大昔から存じ上げていたようにわけへだての全くない態度でよく話され、伺えば必ず何か学ぶことがあるのです。聖路加で小田番のいろいろな方と出合い、紹介されましたが、何といっても、共同通信文化部長の金子直史さんとの出合いは忘れられません。

ある日、エレベーターホールを出たところで「黒田先生ですか」と名刺を渡されました。「いま小田さんに伺ったのですが、近日中に、どなたかと小田さんの対談を黒田さんが実施されるとか。その折はぜひ取材させて下さい」とのことで別れました。その日の夕刻、何とこんどはJR新橋駅の総武横須賀線のホームで、私は再び金子さんに会ったのです。いただいた名刺にケータイの番号が記されていませんでしたので、市川と茅ヶ崎それぞれ反対方向にゆく電車に乗り込む寸前に名刺に番号を書きこんでもらうことができました。この広い東京という街で、初対面のふたりが一日に二度も遭遇するとは。私はその日、たまたま行きつけの銀座の名和美容室でヘアカットをしてもらったため、いつもの東京駅でなく、新橋駅から乗ったのです。金子さんばかりではなく、小田さんを介して親しくなった古藤さん、坂元さん、富澤さん、中川さん、高村さん、宮田毬栄さん、古藤事務所の坂本京子さんたちと私は、毎年小田さんの忌日のころに集まるその座に加えていただいています。つくづく小田さんは人と人との一期一会の絆を結んで下さる方だったのだと感謝しています。

話は戻りますが、七月三十日の未明、私はぐっすりと睡りこんでいました。受話器の奥からたしか「小田実が息を引きとりました」との声はどうやら小田ならちゃんの声。「はい」と答えて私はまた睡りの底へ。夜があけて京都に行く日でした。新幹線に乗る前に聖路加にゆき、小田さんの所在を受付で聞きましたが「お教えできません」と。ともかく京都で日中と夜と二つの用事をすませ、夜中にホテルに戻りました。

赤ランプが点滅していてメッセージが届きました。古藤事務所からです。

「小田さんの通夜はあす三十一日六時から世田谷の用賀会館で。お別れの会は八月四日に青山葬儀所で。この二つの会での司会進行をぜひお引き受けいただきたくお願い申上げます」

おそらく、鶴見俊輔先生以下皆さんのご意向なのでしょう。古藤さんに「了解です」とファックスを入れ、

「お引き受けしますよ。小田さん」とつぶやいてともかく睡りました。着替えを持ってきていませんので、なんと赤っぽいインド木綿のもんぺ上下でお通夜の用賀会館に。古藤

さんは小田さんの代々木ゼミ時代の一期生のお弟子です。この方の言葉は即ち小田さんの言葉なのだと私は受けとめてきました。

八月四日、青山葬儀所に私はかなり早く到着しました。葬儀委員長の鶴見俊輔先生は小田さんの大きな遺影に一礼をされたのち、ごあいさつはご会葬の皆さまに向かって話させてほしいとの希望を出されました。

加藤周一先生、ドナルド・キーン先生、山村雅治さんなどのお別れの言葉のあとに、驚くほど大勢の方々から続々と届く弔辞をよどみなく朗読、読み上げる仕事が司会者の仕事です。三浦哲郎、金大中、チョムスキー……。国内外の小田さんの同志、ご友人の方々からのメッセージは心に響くものばかり。国外からの弔辞は別室でただちに翻訳され、湯気の立つようなその訳文が司会者の許にとどけられます。朗読を担当する者として、いくぶんか日本語として聞きやすい文章に添削しつつ読ませていただいたものもありました。

去る二月二十二日の小田さんの最終講義を聴講したメンバーは、全員参列。

暑い暑い日。蟬しぐれの一日。俊輔先生は八百人の会葬者ひとりひとりに立ったままごあいさつを続けられます。

「二度ともう会うことはない方々だと思います。こうして皆さん大勢集まってきてくださったのですから」と終始立ち尽くされておられました。

出棺のときがきました。前庭の霊柩車に小田さんの柩が収められ、ゆっくりと車が動き出します。建物の中に入りきれなかった方々は、炎天下ずっとここに立っていて下さったのです。

「小田実バンザイ」。誰かが叫ぶ声を私はたしかに耳にとどめました。万雷の拍手に送られて車が通りに消えると同時に、鶴見俊輔先生を先頭に、べ平連吉川勇一事務局長以下の皆さんの自主的デモがスタート（翌朝の朝日新聞にカラーで載りました）。私は桐ヶ谷葬祭場に車で向かいました。

ドナルド・キーン加藤周一遠き蟬
行進者鶴見俊輔雲の峰
夕焼けて骨壺に入る喉ぼとけ
法師蟬ひぐらしひとは一度死ぬ

これらの句は第五句集『日光月光』に収めてあります（「夏終る」と後述の「月に棲む」の二作とともに）。

そして九月になりました。恒例「ＢＳ俳句王国宗匠大会」が子規忌のころに開催されました。金子兜太、有馬朗人、廣瀬直人、相原左義長、星野椿、宇多喜代子、寺井谷子そして私のワイドスペシャル。私は、一点も入らなくてもいいと腹をきめて

月に棲む俳句少年小田実

の句を投じました。金子先生おひとりが「月に棲むがいいじゃないか。小田実への想いが伝わってくる」と評されました。

放送ののち、富澤さんからのお葉書。

「ＢＳ俳句王国。夏終るの句につづいて、月に棲むのお作品。小田さんも天界でよろこばれたと存じます」

翌年には次のような集りも開催されました。

小田実没後一年記念講演会のご案内

作家の小田実さんが亡くなられて、早いもので一年余が経過しました。この度、小田

実さんを偲びつつ、文学者としての小田さん、あるいは小田さんの文学世界について論じる講演会を左記のとおり企画いたしました。市民運動家として知られる小田さんですが、小田さんは生前、自分は市民運動家であるまえに、作家なのだということを常々口癖のように仰っていました。今回は三人の方にお話をいただきます。ドナルド・キーンさんは世界的な日本文学研究者として知られますが、小田さんの作品『玉砕』を英語に翻訳され、小田文学を世界に知らしめるうえで大きな役割を果たされました。「ベ平連」（ベトナムに平和を！市民連合）の活動を通じて行動を共にしてこられた鶴見さんは、小田さんのことを世界思想としての普遍性をもつ傑出した思想家だと位置づけておられます。満州で敗戦を迎えた経験を原点に日本の近代を問い続ける澤地さんは、同じ作家として、アジアの中の日本、世界の中の日本という観点から常に平和を希求された小田さんの文学活動を高く評価してこられました。

それぞれ立場の異なる三人の講師をお迎えし、小田さんが作家として表現し問い続けられたものの意味を確認し、メッセージを受け止めなおす機会にできればと存じます。

司会は俳人の黒田杏子さんにお願いします。皆様のご参加をお待ちします。

☆日時　二〇〇八年十月四日（土）　一八時三〇分—二一時

☆場所　ベルサール神田（千代田区神田美土代町七　住友不動産ビル三階）
☆会場費一五〇〇円

二〇〇八年九月十日

小田実没後一年記念講演会実行委員会
（岩波書店、大月書店、集英社、新潮社、古藤事務所）

この晩の講演会ほど心に沁みる集まりはありませんでした。三人の講演者に加え、小田実人生の同行者、玄順恵さんの挨拶スピーチも見事なものでした。葬儀では出なかった涙がこの晩はとめどなくあふれ、司会者としては問題であったと反省しました。

そののちも玄順恵さんとはずっと交流をつづけています。ならちゃんもすばらしい研究者となられました。おふたりはベトナムにたびたび行かれているようです。

私が小田さんから教えていただいたものは無限大です。小田さんの七十五年は実に大きなものであったと、年ごとに敬意は深まるばかりです。

十二月　大晦日の饅頭ベストスリー　道楽学者歌人鶴見和子の生き方

たった一通の読者カード。それが鶴見和子さんとのご縁のはじまりでした。

そして信じられないことですが、和子さんを護り支えつづけられた鶴見俊輔、横山貞子ご夫妻からのお手紙やはがきが、数え切れないほど私の手許に残ることになったのでした。

二〇〇二（平成十四）年の暮れに私はある一冊の本を同時に二冊手にしました。藤原書店刊『「われ」の発見』。社会学者鶴見和子さんと歌人の佐佐木幸綱さんの対談。一冊は書店で求めました。同じころ、著作をいつもお贈りくださる佐佐木さんからもこの本が届きました。一晩かけて読了した私は本にはさみ込まれていた葉書に感想を認め、翌朝早くポストに投函しました。しばらくそのことも忘れて忙しく働いていました。

ある日、かなり遅く帰宅した私は留守番電話の赤ランプが点滅していることに気づき、再生ボタンを押しました。

「鶴見和子でございます。このたびは佐佐木幸綱さんとの対談に対するご感想ありがたく拝見いたしました。短歌をめぐる対話を俳人のあなたさまが批評してくださいましたこと、とても嬉しく存じました。ありがとうございました」

まぎれもない鶴見和子さんからのお電話、藤原書店のPR誌月刊「機」の二〇〇三年三月号の〈読者の声〉欄には、たしかに私の感想文が七行ほど掲載されていました。次の内容でした。

「われ」の発見

年末の二十九日に手にして、さっそく拝読。「どうしたら日常のわれをのり超えて、自分の根っこの〈われ〉に迫れるか?」何ものにもまさる、すばらしい精神と創造力の共振。鶴見先生のお美しさ。感銘しました。（千葉　俳人　黒田杏子　64歳）

この対談は七十七歳で倒れられ、左半身マヒとなられた和子さんが暮らしておられた京都府宇治の「ゆうゆうの里」で行われたと記されてありましたが、何点か挿入されている和子さんの写真が実にいきいきとして輝いていたことが印象的だったのです。

ともかく、お電話をいただいたのですから、連絡を差し上げたいのですが、連絡先もわかりません。藤原書店に電話をかけて事情を話し、和子さんの住所と電話番号を教えてもらいました。

ちょうど句友の浜崎浜子さんが送ってきてくださった土佐の水晶文旦がありました。とても美しい色で独特の香気のあるもの。すこし小さめの箱に詰めかえて、手紙を添えて発送しました。

数日後にお電話がありました。このとき私は自宅におりましたので、いろいろとお話を伺うことができました。

「高知の果物、とりわけ堀田のものは最高ですよ。ありがとうございました。私はいま歌を詠むことが面白くてならないのです。毎日歌ができます。歌を詠んでいると、身体のしびれや痛みも遠のいてくれるのです。このたびはほんとうにありがとうございました」

声の張り、口跡の美しさ。障害者のイメージは全く湧いてきません。電話のあとはいつも何かとても爽やかな、晴れやかな気分になっている自分が不思議でした。

ところで私の特技というものは無いに等しいのですが、あえてひとつだけ得意なもの、それは小包を作ることです。これは主として母に送るために上達した技術だったのですが、これからはその腕をひとりケアハウスで長年のお仕事のまとめと総仕上げに打ちこみつつ、短歌を詠むことで一日一日をたっぷりと十全に生きようと誓い、その計画を実行に移しておられる、ぴったり二十歳年上の女性のために捧げようと私は決心したのです。ともかく、私はあちこちに出かけてゆきますし、俳句の仲間が日本の津々浦々にいて、土地の名産品や、旬の食べものをいろいろと送ってきてくれます。自分が旅先で求めた美味しいものと友人からの贈りもの、この二つを組み合わせた小包を造って送る、それを鶴見和子という人ほど喜んでくださった方はおられないのでした。

あるときお誘いがありました。「一度、私のゆうゆうの里にいらしてください。あなたは毎月、寂聴さんの寂庵の句会にいらしてるのでしょう。京都から宇治は近いのです。ぜひお出かけください」。

ありがたい、光栄なお話ですが、私には未知の人をひとりでケアハウスに訪ねる勇気がありません。大阪在住の同年の俳句の友人、藤川游子さんを誘ってみました。彼女は昔から鶴見和子さんの講演を小人数で聴いていたり、『南方熊楠』などの和子さんの著作もよく読んでいました。「いこいこ。いずれ私らもケアハウスに入る日が来るよ。見学ということで一緒に行くわ。ただし、私はあくまでも黒子としてあなたのお供で行くということ。愉しみや」

京都駅で落ち合った游子さんは、約束通り黒ずくめの装束。なんと黒の長手袋まで。

宇治駅からタクシー。運転手さんの話。

「ゆうゆうの里はいいとこにありますわ。しかし、私らとても入れません。恵まれた人方のホームですわ」

ドアは開かれていました。「お待ちしてました。どうぞ。黒田さんは向かって右側のスリッパ、お友達は左側のをどうぞ」

それは私が自由ヶ丘のカディィ岩立で買って半ダースほどお贈りした、インドの木綿で仕立てたフェルト底のスリッパでした。ブロックプリントの色と柄を指定してくださったところがいかにも鶴見さん。ご自身は車椅子に乗られ、私たちには小さなテーブルに向かう椅子をすすめられました。

冷蔵庫を開けてメロンの載ったお皿をテーブルに一つずつ置き、銀のメロンスプーンが添えられました。メロンをいただきますと、「黒田さんはこれ、藤川さんはこちら」とそれぞれにふさわしいお湯呑が選ばれました。

「お茶は私が淹れます。お茶の葉もお持ちしています」と藤川さん。「この人に淹れてもらうと何杯でも飲みたくなります」と私。

「まあ、おいしい。私、ここに来てからこんなおいしいお茶頂いていません。もう一杯お願いしたいわ」

私たちはまるで何十年来の友人のようでした。「食堂にお昼のうな重を予約してあります。参りましょう」。車椅子の人を先頭にエレベーターを降りて広々とした食堂に。右手しか使えない和子さんが、山椒入れのフタまで開けてサービスしてくださいます。弱音も愚痴も一切口にされない。二十歳下の客人である私たちに対するホスピタリティ。まさにおもてなしの達人、障害の鉄人です。

お部屋に戻って、またおいしい藤川さんの玉露をいただき、おいとまを。その前に「この本を読んでいただきたいわ」と『南方熊楠　萃点の思想』を右手に車椅子でツーッと窓側の机に。上手に本を拡げて、「お訪ねくださった記念に。黒田杏子様　鶴見和子」と筆ぺんでサラサラと。背後に立たせていただいておりましたが、涙が出てきて困りました。「ぜひ、またいらしてね。京都からここ近いでしょ。ありがとうございました。ごきげんよう」。

タクシーが動き出すと「今日はありがとうございました。元気と勇気いただいて。見事な女性やねえ。ケアハウスに入られてますます魅力的な人になられてん」。藤川さんの言葉にうなずきつつ、私はしゃべると涙がこぼれそうで黙ってうなずくばかりでした。

翌々日、和紙の縦長の封筒に和紙の便箋のお手紙。

お訪ね下さってうれしく、たのしい半日をありがとうございました。ぜひまたいらして下さい。桜巡りのこと、四国遍路のこと、ぜひお聞かせ下さい。俳句の方のお話はメリハリがあって、無駄がない。お友達のお茶、おいしくて感激です。どうぞよろしくお伝え下さい。お時間のとれるとき、いつでもまたいらして下さい。ありがとうございました。

追伸。一階の受付の女性があなたのコスチュームについてたずねてきたので、あれは俳人としてのオリジナルデザインと答えたところ、「つまり、自由人の服装なんですね」と。自由人ていい言葉ですね。黒田さんにぴったりです。　鶴見和子

こののち、毎日のようにお電話をいただきました。その日に詠まれた歌を朗読されることも多かったのですが、ある日、「あなたは人生設計が見事です。広告会社で働いて、定年になると全くの自由人。俳句だけに打ち込んで、お仲間と遍路をしたり、ひとりで桜を巡ったり。全部本当にご自分のしたいことばかりでしょう。私はバカでした。ともかく国内外をかけめぐって、あれもしたい、これもしたい。身体がストライキを起こして倒れてしまった。でも今は若いときに佐佐木信綱先生に学んだ短歌に支えられています。ありがたいことですね」と。

ともかく和子さんは弱音を吐かれません。夜ベッドに身を横たえるとき、めざめて朝ベッドから身を起こし、車椅子に移るとき、すべて介助の人の手が必要です。

きびしいリハビリテーションに耐え、限られた時間に本を読みこみ、しかるべき方と対談を重ねます。対談の相手はさまざまな分野の専門家で、その世界でもっともすぐれた仕事をしておられる方、そしてその人の生き方、行動が和子さんにとって尊敬できる人ということになります。遺された対談集のリストを見れば、そのことは一目瞭然。

いささかも甘えず、お茶を濁さず、自分にとって、未知の専門領域の人々と互角に対談を重ねる。その対談には藤原社長以下藤原書店のスタッフが同席、編集とまとめが行われるのでした。

ある日、それは冬晴の日の朝でした。玄関で靴箱の整理をしていたとき、電話が鳴りました。「鶴見和子でございます。あなたにお願いがあります。私、歌を詠んでいます。昔から俳句を敬遠してきました。切れ字とか、それに季語とか、何となく古くさいような、めんどうな約束ごとがあるでしょう。何より自分の考えや生き方や、つまり思想をあんな短い詩型にとじこめることなんてできない。だからということで俳句に無関心できました。でもこのあと私の生きていける時間はもう限られています。命の炎がだんだんに細くかぼそいものになっていることを誰よりも私が知っています。そこでお願いなのですが、あなたとお目にかかって、ご本や句集を拝見したり、直接お話を伺ったりできました。

あなたが俳人として、私の短歌を卒直に批評してくださるときに、俳句の力を感じ、学んだのです。結論を申し上げます。超ご多忙のあなたにお時間をさいていただき、私と俳句と短歌をテーマに対談していただきたいのです。藤原さんには私からお願いを致します。その前にこの企画、つまり私の希望をあなたが認めていただけないでしょうか……」

間髪を入れず私は申し上げました。我ながらすごい勢いではっきりと。

「和子さん、光栄なお話です。ところで、私ではなく対談のお相手にぴったりな俳人がおられます。金子兜太さん。おふたりともそれぞれに戦中戦後を妥協なく生き抜いてこられました。俳人の代表として私はこの方を推薦します」

「あなた、お名前は存じ上げていますが、俳壇のそんなお偉い方では私困ります。俳句の歴史とか、季語の力とか、庶民の文芸としての現代社会における俳句の存在理由を素人でも分かるように話していただきたいので、それには私、黒田さん、あなたさまがぴったりと考えてお願いをしているのですよ」

「ありがとうございます。しかし、鶴見和子と黒田杏子では本になりません。売れません。せっかく短歌と俳句、つまり日本の国民文芸としての短詩型を語る一冊の対談が藤原書店から出るのでしたら、それはお互いの人物に格がないと意味がないです。金子兜太さんには私がお話をします。お二人の対談が実現しましたら、私も対談収録の場に同席します。そして、その一冊のまとめに参加することをお約束します。ともかく、私は対談者には力不足。位取りが合いません。短歌と俳句をテーマとするその対談のプロデュースは私が責任をもってお引き受けします。ともかく、本日、私からすぐ金子先生にご連絡とります。その上で、和子さんから藤原社長にご連絡され、企画決定にすすめてください」

靴などもう磨いたりしてはいられません。

私はすぐ金子兜太先生にお電話をかけます。「おう、金子兜太だ。クロモモさん、元気かね、相変わらずあっちこっちに出かけてるんだろうな。今日は何だい」

「先生、社会学者の鶴見和子さん、脳出血で七十七歳で倒れられ、左半身マヒ。京都ゆうゆうの里、ケアハウスです。ここでずっとお仕事されてます。それでですねえ、免疫学者の多田富雄さんと対談されたご本、いま話題になってますけど、彼女、各界の方々と対談、対話をされて、それを次々藤原書店から出しておられるのです。そこで兜太先生にお願いなのです。和子さんは佐佐木信綱に若い時入門、特訓を受けました。長いブランクののち、つまり倒れてのちまた歌を詠んで回生を果たされ、現在は佐佐木幸綱さんの門下です。つまり『心の花』に拠る歌人。短歌を杖に、人生の終末を旺盛に生きて、各界のホンモノの方々との対談集をつぎつぎ発表されています。

ここからは私の企画で兜太先生にお願いです。短歌と俳句、そしてお互いにほぼ米寿という人生の先達として対談をしていただきたいのです。ただし、先生には宇治のゆうゆうの里までお運びいただかないとなりません。私もお伴をして同席します。まとめも責任をもって担当します。何とかこの企画、お引き受けいただきたいのですが……」

「オイオイ。クロモモさんよ。俺は深くは知らんけれど、鶴見和子のような、ああいう優等生、才気走った人物は苦手なんだ。せっかくのあんたのご推薦だが、これはあきらめてくれ。鶴見俊輔なら話してもいいとは感じるが、和子って人はカンベンしてくれ」

「先生はご健康。あと二十年も三十年も生きられるでしょう。しかし和子さんはいま普通の人間の十倍努力して何とか生きて仕事しておられますけど、あと何年かで命の炎が尽きるのです。私はごく最近のおつきあいですけれど、左半身がマヒ、ケアハウスに入られて普通の人の何十倍もの努力を重ねている知性の人って美しいですよ。先生、和子さんのこの弱者のパワーをぜひ身に浴びてください。生意気申上げますが、いま和子さんは障害者。そして誰よりも謙虚に楚々として生きておられるのです。こういう方にお元気な兜太先生、お会いになられますと、必ず先生の人生に新しい光がさし込みます。私は悪いこと申しません。これは兜太先生のタメに必ずなります。お引き受けください」

「まあまあ、あんたがそこまで言うんじゃなあ。しかし、私は寒中は動きませんよ。すこし暖かくなって、つまり春が来たらというところで引き受けるか。ともかく、あんたのその気迫に負けただけで、オレ自身はその対談企画に自分からは全く乗ってないことを伝えておく。いやあ、いつもありがとう。じゃあな」

金子兜太さんと和子さんの対談は、藤原良雄社長の決断で実施と決まりました。

一刻も一日も早くという和子さんの希望。

立春ののちの日どりが決まりました。

和子さんが数えの米寿。兜太先生はその一歳下ですが、本のタイトルは『米寿対談』と仮に決まり、準備がはじまります。ここで私はこの二人の長寿者の底力に圧倒されることになります。お二人揃って、お互いに相手の主な著作を対談の前にしっかり読んでおきたいとのこと。和子さんには兜太先生の『金子兜太集』（全四巻）を、兜太さんには『鶴見和子の世界』や歌集『回生』『花道』その他をお届けしました。いよいよその当日、厚手のコートを召された兜太先生が東京発のグリーン車の指定席に座っておられ、ホッとしました。「ケアハウスゆうゆうの里は静岡だとばかり思っていたが、宇治なんだな。一泊二日で一冊の本にするのは気合が要るな」と。

「今日の午後いっぱい。そしてあすの午前と午後二時すぎまでを使えれば大丈夫です」

到着してすぐ「ゆうゆうの里」でお昼のうな重をいただき、特別会議室で対談スタート。録音係は藤原社長、進行は黒田。茶菓の係は和子さんの妹の内山章子さん。

対談はまず和子さんの大演説からスタートしました。金子皆子大人の句集『花恋』（上下）への絶讃です。そして短歌は究極の思想表現であるとする和子さんの考えがとうとうと述べられます。先制攻撃という言葉が私の頭に浮かびました。さすがの兜太先生も「なるほど」「そうでしょうなあ」と受け身に廻って実におとなしい。和子さんは事前に作成されたノートに従って、気にしゃべりまくる。予定した対話にはなっていきません。

時間がきて夕食となりました。私は金子先生に「明日は先生の特別講義からスタートしますす」と申し上げました。先生のゲストルームに十時十分前に来てドアを叩いてくれとのこと。

つぎの日、朝がきて快晴です。頑張っていただかなければ。

約束どおりの時間に金子先生のドアを叩きます。「あと十五分待ってくれ」。十分後先生は実に晴れやかな表情で廊下に立っておられます。

「立禅ですか」

「そうだ」

会議室に入って全員が席に着くや、「それではこれから『俳句の歴史と現代俳句』という金子先生の特別講義をお願いします」と私が開会を宣言。実に分かりやすく、独自性のある兜太節。さすがの和子さんも大学ノートにひたすら書きとめるばかり。メモも持たず金子兜太快調。およそ一時間半。「私の話は以上でございます」と晴やかに金子さんはしめくくられました。

「ありがとうございます。眼から鱗が落ちるとはこういうことですね。実によく分かりました。俳句の人口がこの国でいま多いことの理由も納得できました。俳句に対する私の偏見も正されました。感謝申し上げます」

おいしい緑茶をいただいて、大正七年生まれ午歳の和子さん、大正八年生れ未歳の兜太さん。長く生きてこられた男女二人の対談はこののち和やかに進み、私たちが「ゆうゆうの里」を辞去する時がきました。タクシーに乗りこむ私を手招きされた和子さん。「金子先生に感謝します。どなたかがお訪ねくださったときだけが、私の生きがいの時間。大きなあたたかな俳句の巨人にお目にかかれ、二日間、夢のようでした。あなたから何とぞ金子先生によろしくお礼を申し上げてください」

対談のあと、兜太先生はすっかり和子ファンに。パレスホテルでの盛大なお別れの会では献杯の音頭をとられ、「姉御としての和子さん」と讃えられました。

しばらくして、藤原書店からぶ厚い対談のゲラが届きます。和子さんの発言は和子調に。兜太さんはあくまでも兜太節で。長い会話は数行に分断して読みやすく並べかえる。たちまちゲラは朱でまっ赤に。この作業を私はなんと三回くり返しました。文字どおり眠る時間を削って私は打ち込みました。それぞれのページ端に兜太さんと和子さんの俳句と短歌を掲げることを私は思いつき、実現が叶いました。書名は『米寿快談』。帯には「障害の鉄人」と「人生の達人」と入れました。この本が出来上がったのは和子さんの満八十八歳、米寿のお祝の日の直前。鶴見俊輔先生が「私は二時間十五分で一気に読了しました。編集者としての黒田さんの能力に敬服しました。晩年の和子をここまで理解してくださったことを弟として感謝します。ありがとう」とおっしゃってくださってうれしく、恐縮しました。

和子さんが亡くなられてのち、最終歌集『山姥』が藤原書店より刊行されました。電話で、「今日はこういう歌ができました。『心の花』に送った今月の歌を読み上げます」などとおっしゃっていた歌がぎっしりと詰まっています。涙が出る歌集です。

和子さんの希望で通夜も告別式も「ゆうゆうの里」の集会所で行われ、参列者もすべてケアハウスの住民と家族に限られました。

「ゆうゆうの里」は広大な山を切りひらいて、そこにいくつもの棟が点在していました。七月三十一日にこの世を発たれた和子さん、白い百合の花があちらこちらに夕風を受けて静かに揺れていました。

鶴見俊輔先生のご了承を得て、忌日の名を「山百合忌」とさせていただきました。亡くなられた年の盛大なお別れ会のあと、山百合忌は毎年続けて開催されています。一周忌、三周忌には美智子皇后もご出席になられました。今年二〇一二年の山百合忌は早くも七回忌となり、つぎのような案内状を差し上げました。

「山百合忌」ご案内

今年も左記の要領で会をもちたく存じます。ご参会いただければ嬉しく存じます。

☆日時　二〇一二年七月三十一日（火）　十二時半開会（開場十二時）

☆場所　山の上ホテル別館

☆講師・中村桂子氏（JT生命誌研究館館長）「鶴見和子と南方熊楠をめぐって」

・西舘好子氏（日本子守唄協会理事長）「鶴見さんのエロスについて」

・「花の山姥――回生の花道から花の山姥へ」（構成・演出　笠井賢一、舞踊・小鼓　麻生花帆　他に笛と琵琶の予定）

☆会費　一万円

この案内状が届きますと、七月三日付で鶴見俊輔先生からお手紙が届きました。

「山百合忌」には、いつも大きなご努力をいただき、申しわけなく、ありがたく思っております。残念ながら、今年も不参の御返事をしなければなりませんでした。和子を懐かしんでくださるかたがたも、年々、高齢化してきておられます。別のかたちを考える時期がきているように思います。お元気な黒田さん御自身にも、やはり、年々、負担は大きくなってゆきます。

これまで続けてきたかたちでの会を、今回の七回忌という節目をもって終わりにする選択もある、という考えを、弟である私から、黒田さんに申しあげるべきではないかと考え、このおたよりをさしあげます。

思い出をもつ人びとが亡くなっていった後、後世の人びとによる故人への評価は、時にまかせるとして、よいのではないでしょうか。

夏は厳しくなりそうです。どうぞお大切に。

私は学生時代、それはもう五十年余りも昔のことになりますが、「思想の科学」を出しておられた鶴見俊輔という方を遠くから尊敬していました。その鶴見先生から親しくお手紙をいただくことになろうとは。さらに「ゆうゆうの里」では何日間にもわたって何時間も何度もお話をさせていただきました。俊輔先生の著作はすべてといっていいくらい読んできていました。

和子さんの没後、鶴見俊輔・金子兜太・佐佐木幸綱、このお三方による『鶴見和子を語る』という本もプロデュースさせていただき、藤原書店から刊行されています。

「山百合忌」で私は毎年司会と進行をつとめていますが、実際の運営は藤原書店・藤原良雄社長の情熱によって支えられています。俊輔先生のこのお手紙の内容をさっそく私は藤原さんに電話をして伝えました。

「遺族のかかわらない山百合忌は、年々参加者も増えることはあっても減らないよ。このまま続けてゆこうじゃないか」というのが藤原さんの意見であり、私の考えでした。

ことしは辻井喬先生や西川千麗さん、澤地久枝さんのご出席もあり、遠く奈良や京都、滋賀からの参加者もありました。寂聴先生や加賀乙彦先生、園田天光光さんのご出席のあった年もありました。しかし、去年第六回忌から、日本舞踊の名取りでもあり、『踊りは人生』の著書もある和子さんの生き方、つまり「学問と道楽」にふさわしいパートが加わりました。とくに今年は会場に和子さん遺愛の着物や帯が展示され、東京芸大大学院で邦楽囃子専攻。三味線音楽系統で初の博士号を取得した麻生花帆さんが和子さん愛用の着物と帯で身を包み、和子さんの短歌を朗唱しながら舞う「花の山姥」が見事でした。演出の笠井さんが舞台用の巨大なクリスタルの花瓶に丈高い山百合をどっさり投げ入れてくださったので、その芳香が会場にあふれ、会の終わりにはその見事な山百合が一茎ずつ希望者に渡されました。その日、天上の和子さんの微笑が私の眼の奥に棲みついていました。

俊輔先生、横山貞子先生のご心配は杞憂に終わったことをこの晩さっそくご夫妻に私はファックスでお知らせしました。そして翌日「山百合忌は参加者全員のまごころによって、発展、成長を続けております。何より私自身が山の上ホテルでの七月三十一日の集いを愉しみ、勇気を頂いております」としたためたカードを鶴見・横山ご夫妻あて投函しました。

最後に二つのことを記したいと思います。墨象家の篠田桃紅先生が「鶴見和子さんほどの着物の着手はおられません。あの方の着物姿こそ日本女性の誇りです」とおっしゃられたので、そのことを和子さんに電話でお伝えしたところ、「私は篠田桃紅さんの着物姿ほどに魅力的な美しさを湛えた人を知りません。篠田さんに元気だったころの私を賞めていただいたことを生涯の誇りと致しますと、あなたしっかり篠田さんにお伝えしてね」と言われ、おふたりを知る私はそのつとめを果たすことができたのです。

もうひとつは、亡くなるその日まで味覚が全て衰えなかった驚異の人和子さん。後藤新平の愛孫として、幼少期から美味しいもの、ホンモノの食べ物を召し上がってこられたので味覚が抜群だったようです。

あるとき、新潟県出雲崎の菓子舗大黒屋から、銘菓「月の兎」をお送りしました。さっそくお電話。「おいしいおまんじゅうありがとうございます。私ね、毎年いただいたおまんじゅうに順位を付けてるのよ。これはもちろんベストテン入りしました。でもね。鶴見和子の『まんじゅうベストスリー』は大晦日に決まるのです。いまはまだ秋。仲秋の名月にちなんで俳人のあなたさまがお届けくださった『月の兎』は実に、まことにおいしいので最有力ですけれど。暮れまでにはさらなるライバルが届くかも知れないわ。結果は必ずお知らせします。お楽しみに」

私は美智子皇后もご出席になられた新宿中村屋での一周忌に、この「和子さんのまんじゅうベストスリー」の話をしました。話し終わって壇上から降りますと、上野千鶴子さんがかけ寄ってこられ、「黒田さんの話、最高!!」と私の手をやわらかな両手で包んでくださいました。またこのことは大分刻が経ってから知ったことですが、和子さんは「ゆうゆうの里」で、最後の仕事に打ちこまれることに専念されるため、倒れる前にお親しかった上野千鶴子さんや澤地久枝さん、高野悦子さん、中村桂子さんなどのお見舞いや訪問を、あえて強い意志をもってすべて断られていたのでした。

たった一枚の読者カード。そこに記したわずか数行の読後感。倒れられてのち数年間、そして亡くなられてのちも、毎年山百合忌を皆さまとともに修して、私はぴったり二十歳上の歌人学者鶴見和子さんにずっと励まされつづけています。

あとがき

子どものころから母の影響で愉しみ親しんできた俳句ですが、七十四歳の現在、私の生活を支えてくれているのも俳句です。

俳句作者として、俳句選者として私の人生は活性化しています。一人の市民として私はこれ以上の幸せを望みません。俳句とともに生きてゆける毎日に感謝しています。

私は子どものときから人との出会いに恵まれてきました。めぐり合った多くの方々からもったいないほど、よくしていただいてきております。それも俳句のおかげです。

この俳句との出会い、俳句との縁を作ってくれたもの、それは母からの一通の手紙でした。

栃木県宇都宮の県立女子高校を卒業して、私は母のすすめる東京女子大学に入学しました。一年浪人をしてでも国立大学に進みたいと考えていたのですが、父は一年でも早く卒業することを望んでおりました。入学しますと課外活動（クラブ活動）の案内板がありました。

「俳句研究会　白塔会　山口青邨先生ご指導」と書かれたポスターが目につきました。母に連れられて中学生の頃から句会や吟行会にも参加しておりましたので、「俳句」の文字を見て反射的に母を想い、その晩、近況報告をかねて母に手紙を書きました。青邨作品のいくつかと写生文を教科書などでもすでに私は知っておりました。

折り返し母よりの速達。「他にどんなサークルに入ってもいいです。ともかく、その俳句の会には必ず参加して、山口青邨先生の直接のご指導を受けて下さい。これはお母さんからのお願いです。よろしくお願いします」。直接の、この三文字の強調。

学生セツルメント、能楽研究会、社会科学研究会、読書会……。いくつ身体があっても足りないと走り廻りたい日々。母のお願いにしたがって、私は「白塔会」に足を踏み入れ、生涯の師、俳人山口青邨先生にめぐり合えたのです。母は私の恩人です。

おそらく四十代の終わりであった母からの手紙。その便箋も万年筆の流れるような筆跡も私の目の奥にずっと棲みついています。五十五年も経っているのですが、瞑目すればあの便箋の画像を呼び出すことができます。

私には姉兄妹弟が一人ずつおりました。きっちり三つずつ離れておりました五人きょうだいの私はまん中です。おりましたと書きましたのは、数年前に医師であった兄が亡くなったからです。父は開業医で、東京本郷よりふるさと栃木県に疎開して以来、強健な体力と知力の限りを尽くして野の医師として働き、五人の子どもたちを育てるために、精いっぱい惜しみなく愛情を注いでくれました。

父は自分で作ることはありませんでしたが、漢詩をはじめ詩歌を吟じることが好きで、母が短歌や俳句を作ることを愉快に思っていたと私は感じてきました。

母もそのような父を尊敬し、子どもたちひとりひとりを大切に、質素ながらいつもおいしい食事をととのえ、きわめて謙虚に、しかしある志を内に秘めてていねいに人生を送ってきた人と私には思えました。

医師である長男夫妻と母や子どもたちに見守られ、八十八歳で自宅で大往生を遂げた父は、「藍生」の創刊号を見ることなくこの世を発ちましたが、亡くなる間際に、

「青邨先生のご逝去により、門下としてそのひとつの俳句の会を主宰することになって、人にお世辞の言えない杏子が、やむなく性格や生き方を変えるほかないなどということに、もしもなったら哀れだ。人は一回しか生きられない。せっかくの一生なのだから、杏子は杏子らしく自分を曲げたりしないで生きてゆくことがいいのだが――」

と母に語っていたそうです。父の死後、兄の家族に護られ、母は九十五歳の大往生を遂げました。

俳句の先達としての母に感謝することは多いのですが、もうひとつ母に感謝することがあるのです。

母は読書人でした。冬の夜など、深夜の往診に出かけた父を待つ間、掘炬燵で本を読んでいる母の横顔を子どもながらに私は美しいと感じていました。大好きでした。

水が呑みたくて、またはお手洗いにと夜おそく起きてゆくと、茶の間の灯が明るく灯っており、障子をそっと開けますと、一心に本を読んでいる母の姿がありました。

母はいろんな本を読んでいました。

「この本はすばらしい。読み出すと止められないわ」と母の言う本を兄が読みはじめました。三つ年上の兄と私は同じ本を読んで感想を語り合うことをたのしみにしていました。

母と兄が熱中していた本、それがロジェ・マルタン・デュ・ガール作、山内義雄訳『チボー家の人々』です。中学生の私も兄に負けじとその本を読みはじめました。

当時、栃木県の片田舎に住んでいても、本を読んでいる限り、何となく自分はこの広い世界の一角に暮らしているのだという悠々たる気分になりました。そして、当時、英語で外国（主としてアメリカ）の友人を得て文通することが流行していました。ペンパルという言葉の示す通り、ペンフレンドとして手紙のやりとりをする少年少女たちがこの国に大勢いたのです。

『チボー家の人々』を読んで、私はオスカール・チボー氏というフランス・カトリック・ブルジョワ社会を代表するような権威主義的で専制的な父のもとに、アントワーヌとジャックという性格を異にする兄弟がいて、それぞれの生き方が異ることを理解しました。ある日、母や兄にも告げず、私は訳者の山内義雄という人に白水社気付で手紙を出しました。

「ロジェ・マルタン・デュ・ガール氏は英語が読めるでしょうか。感想文をお送りしたいのですが、私は英語しか書けません。フランス語は習っていませんので、もし英語の手紙を送ってもよろしい場合はデュ・ガールさんのフランスのご住所をお知らせいただきたいのですが。お返事お待ちします」

ある日、小包が届きました。茶色い紙にくるまれて新潮文庫が何冊が出てきました。麻紐でしっかりと括られており、紐には宛名票がついていました。山内先生訳のジイドの『狭き門』とか『赤と黒』その他の文庫本の間に封筒がたたまれてあり、中に便箋、そして名刺が入っていました。

「マルタン・デュ・ガール氏は英語の手紙を喜ばれるでしょう。ぜひ感想文を送って下さい。この本はあなたがもうすこし大きくなられてから読んで頂きたいと思ってお送りします。お元気で沢山本を読んで下さい」

片田舎に住む中学生の私に何というありがたいお手紙とプレゼント。母は涙ぐんで、茶色の包み紙をていねいに折目を伸ばして畳んでいました。

私はさっそくマルタン・デュ・ガールさんに英文で手紙を書きました。エアメール用の便箋も封筒もたっぷり持っています。いま、私は全く英文の手紙など書けないのですが、どうしてあのとき書けたのでしょう。ともかくひとりで書き上げて、日曜日にバスに乗り、宇都宮の県庁前にある郵便局本局まで行き、窓口でエアメール用の料金の切手を貼った記憶があります。よくわからないながら、私は弟のジャックの反戦の意志に共感していました。デュ・ガールさんあての手紙なのですが、ブルーの淡い無地のエアメール用の便箋に横罫の入った白地の下敷を置いて、あらかじめ下書きをしてあった文面をできるだけきれいに書き写していったと思うのですが。ともかく書き出しがDear Jackであったことだけははっきりおぼえています。兄のアントワーヌにではなく、私はジャックに連帯の気持ちを何とか伝えたかったのです。

中学を卒業すると、私は当時あった学区制に従わず、形だけの養子縁組をして、県立宇都宮女子高校、つまり母も卒業をした旧制宇都宮第一高女に進学しました。ここで私は定年ののち、たしか嘱託のようなお立場で英語を教えておられた、詩人で版画家の川上澄生先生にお目にかかっています。

高校生になってはじめての夏休み。実家に帰って大好きな西瓜を皆で食べていたときでした。「杏子さんにフランスから絵はがきが届きましたよ」と中学の英語の先生、荒井賢次郎先生が郵便局からあずかったカードを届けてくださいました。田舎町ならではのことです。

「日本の小さなお友達へ。と書いてあります。フランスに手紙出されたのですか」と。中学生になった妹の里子が叫びました。「マルタン・デュ・ガールさんからでしょう」わが家では『チボー家の人々』とロジェ・マルタン・デュ・ガールさんの名前はみんながよく知っていたのです。

私はそのとき、すこしぼんやりしてしまいました。ノーベル賞作家ロジェ・マルタン・デュ・ガールさんの絵はがきは、モノクロームのフォンテンブローの森の写真でした。「ディア・ジャック……」と書き出した日本の女子中学生にフランスの大作家がお返事をくださったのです。日本の小さなお友達へ。とだけ書いて、署名して下さった一枚のカード。それが航空便でなく船便で届いたことに私は重みを感じていました。

クリスマスの前にまた、船便の絵はがきが届きました。署名だけのそのカードはデュ・ガールさんという作家の存在をさらに親しく感じさせてくれるものでした。

東京女子大の学生となった私は、東京医科歯科大学の医学生であった兄と一緒に暮らしました。反安保のデモが毎日行われるようになったころ、杉並区高円寺の私たちの二間のやや広いアパートは、デモに出かける学生たちの梁山泊のようになりました。本棚には『チボー家の人々』が並んでおり、デュ・ガールさんからの二枚のカードは何巻かあったその本の中に一枚ずつはさんであり、その場所がわかるように栞が添えてありました。アパートに来たほとんどの人がこの本を手にして、デュ・ガールさんの直筆のカードを眺めました。

樺美智子さんが亡くなりました。いつしか梁山泊は静かとなり、気がつくと、デュ・ガールさんのカードのはさまれた巻二冊が本棚から消えていました。なぜか兄も私も腹が立ちませんでした。「誰かが持っているよ。いまに戻ってくる」「挫折した精神のお守りにちょっと持っていったんだ」

結局、本もカードも消えたままです。でもデュ・ガールさんの筆跡とカードの手ざわりは、私の眼と手と胸の裡に棲みついています。

ともかく、私の家族、父母、きょうだいは全員が二枚のカードを手にしています。夢でも幻でもないのです。

負け惜しみではないのです。いま手許にないからこそ、あの二枚のカードは六十年近く経ってもあざやかに私たちに記憶されているのです。

山内義雄先生からの新潮文庫の包み紙の折り目を畳の上で丹念に伸ばしていた母の手の動きも、まるで小津映画のシーンを呼び出すように、いまも私には瞑目すればはっきりと視《み》えるのです。そっと持ち去った友人にちっとも腹を立てないで、畳に脚を伸ばし、柱によりかかって兄とふたりで安保闘争の炎の終わりを静かにじっと見つめていた時間を兄亡きいま、とてもなつかしくありがたいとさえ思います。

この本の最初に登場していただいた、出雲崎の磯見漁師斉藤凡太さんの項を書き上げたとき、この行き方で十二本十二か月を通すということになりました。

途中、何度も私の自慢みたいな内容になっていないでしょうかと、担当編集者の和気元さんにおたずねしたのですが、「大丈夫です。この線ですすめてください」とお励ましいただき、やっと十二回分を書き終わりました。

大学を卒業と同時に私は広告会社の博報堂に入社しました。それを機に学生時代の四年間、青邨先生にご縁を得て学ぶことのできた句作を自分の意志で中断しました。職業に就いていますから、月給を頂く仕事とは別に自分の生涯の道、生涯を貫く表現手段を模索して彷徨することにしました。劇作・染織・陶芸その他。しかし三十歳を目前にして、「やはり俳句」と遅まきながら気付き、青邨先生に再入門を請い、許されました。卒業後、六年ほども行方をくらましていた私が、杉並区和田本町の青邨居雑草園をお訪ねした日、先生はご不在、いそ子夫人がおられました。

「まあ、杏子さん、大きくなられて。さあさあどうぞ。青邨は出かけてます。この家、ちっとも変わってないでしょ。何もかも昔のまんま。お仕事大変なんでしょ。今日はどうぞゆっくりしてらしてね」

いそ子夫人は私の三廻り上の寅歳。三蔵法師のような、訶梨帝母《かりていも》のような、虚空蔵菩薩のようなお方と、学生時代からひそかに感じ尊敬申上げていたのですが、この日、あらためてその感を深めました。九十六歳の大往生を遂げられた先生をお見送りされたのち、九十代半ばでの大往生を遂げられるまで、いそ子夫人にどのくらい私はお励ましいただいたことでしょう。

さらにもうお一方。「夏草」の兄弟子古舘曹人夫人文代様です。

お目にかかって以来、長逝される日まで文字どおり惜しみない慈愛を賜りました。山口いそ子夫人、古舘文代夫人、おふたりともすばらしい筆蹟のお方。たびたびいただいたおはがきやお手紙は読み返すたびに心に灯がともされるものでした。

文代夫人のお手紙、おはがき、私のいただいたすべてを木箱におさめてリボンをかけ、曹人さんに一周忌の前にお届けしましたが、そのうちのとりわけ見事な便箋三枚のお便りを曹人さんはたしか鳩居堂で額装にされ、ご親族による一周忌の席で披露されました。私もお招きいただきましたので、拝見したのですが、朱色の罫のある便箋に、何ともいきいきと気品を堪えて躍動するような文代夫人の万年筆の文字がこよなく魅力的に見え、手書きの手紙にまさるお形見はないとつくづく思ったことでした。

この一冊にご登場いただきました方々とは、すべて句縁によりお親しくさせていただいております。あらためて、俳句へと導いてくれました母に感謝いたしますとともに、ご登場くださいました皆さまに深くお礼申し上げます。

最後に、思うことばかり多く、なかなか原稿の進まない私を辛抱づよく支えてくださいました和気元さんに感謝申し上げます。そして、いつもいつもすばらしい装幀で、ささやかな私の作品に光を注いでくださる菊地信義先生にお礼申し上げます。このたびもほんとうにありがとうございました。

二〇一二年　白露

黒田杏子

著者略歴

一九三八年東京都本郷生まれ。
東京女子大学卒。入学と同時に山口青邨の指導を受ける。卒業後博報堂入社、雑誌「広告」編集長などを歴任。
俳誌「藍生」主宰、「件」同人。日経俳壇選者。
一九八二年句集『木の椅子』で現代俳句女流賞及び俳人協会新人賞、一九九五年句集『一木一草』で俳人協会賞、二〇一〇年第一回桂信子賞、二〇一一年句集『日光月光』で第45回蛇笏賞受賞。

句集
『木の椅子』（牧羊社）、『水の扉』（同）、『一木一草』（花神社）、『花下草上』（角川書店）、『黒田杏子句集成』（角川書店）、『日光月光』（角川学芸出版）。

主な著書
『俳句と出会う』（小学館）、『俳句列島日本すみずみ吟遊』（飯塚書店）、『証言・昭和の俳句（上下）』〈きき手〉（角川書店）、『布の歳時記』（白水社）、『季語の記憶』（同）、『俳句の玉手箱』（飯塚書店）、『暮らしの歳時記未来への記憶』（岩波書店）等多数。

手紙歳時記

二〇一二年一月二五日 第一刷発行
二〇一三年八月一〇日 第二刷発行

著者 © 黒田杏子
発行者 及川直志
印刷所 株式会社理想社
発行所 株式会社白水社
東京都千代田区神田小川町三の二四
電話 営業部〇三(三二九一)七八一一
編集部〇三(三二九一)七八二一
振替 〇〇一九〇―五―三三二二八
郵便番号一〇一―〇〇五二
http://www.hakusuisha.co.jp
乱丁・落丁本は、送料小社負担にてお取り替えいたします。

松岳社株式会社青木製本所

ISBN 978-4-560-08252-2

Printed in Japan

布の歳時記

黒田杏子著

もんペスタイルの人気俳人が、着物の素材としてだけではなく、生活全般にわたる布への愛着とこだわりを、自らの半生と重ね合わせてつづる、清らかな俳句エッセイ。［解説］池内紀　〈白水Uブックス〉

季語の記憶

黒田杏子著

訪ね歩くその場のこころに季節を重ね、記憶の底からあふれでた季語を思う。人気俳人が名句を紹介しながら、暮らしを前にした感性の奥を、たぐいまれな文章でつづるエッセイ集。

金子兜太養生訓

黒田杏子著

米寿を過ぎ、ますます元気で活躍する句界の重鎮に、長生きの秘訣や健康法を人気俳人が根掘り葉掘り聞き出し、頭と体の両面を鍛える極意をユーモラスに書き記した、悦楽の長寿読本。（新装版）

荒凡夫　一茶

金子兜太著

なぜ芭蕉に対しては冷淡、蕪村を相手にせず、一茶ばかりを重視するのか――俳壇の重鎮が、青年期から一貫して自らを支配していた「自由人」への憧れとこだわりを、初めて語り下ろす。